Rainar Nitzsche: Das Buch der Titel

AF282537

Allen Menschen

die Bücher in deutscher Sprache schreiben
sich inspirieren lassen
oder sich einfach mal beim Lesen dieser Titel
köstlich amüsieren wollen*

*: Das haben wir beide, meine Freundin Elke und ich, nicht bei allen, aber doch bei einigen getan.

Rainar Nitzsche

Das Buch

der

Titel

Ideen zu Büchern

die ich niemals schrieb

noch schreiben werde

Inspirationen für deine Romane

Dr. Rainar Nitzsche
Fischerstr. 69
67655 Kaiserslautern
E-Mail: rainarnitzsche@kabelmail.de
Homepage: https://rainarnitzsche.jimdofree.com

Die Deutsche Nationalbibliothek verzeichnet diese Publikation in der Deutschen Nationalbibliografie; detaillierte bibliografische Daten sind im Internet über dnb.de abrufbar.

Impressum
Rainar Nitzsche: Das Buch der Titel
Computersatz: Rainar Nitzsche. Ideen und Textkorrekturen: Elke Bouché und Rainar Nitzsche.

© 2022 Nitzsche, Rainar
Herstellung und Verlag: BoD – Books on Demand, Norderstedt
ISBN: 9783756294824

Vorwort

Nein, nicht *Das Buch der Bücher* sondern *Das Buch der Titel*, ein Buchtitelbuch, das ist es, was du hier in Händen hältst oder vor deinen Augen auf dem Monitor, dem Display erscheint.

Zu den Titelideen gibt es hier nur einige Notizen - Gedanken, mal mehr, mal weniger, wobei zu bemerken ist, dass bei mir der »Mond« weiblich ist, ich somit von der »Mondin« spreche.

So viele irre Buchtitel fielen meiner Freundin Elke und mir ein, worüber wir uns köstlich amüsierten, will heißen: uns nicht mehr vor Lachen einkriegten. Ich denke nur an die vielen Fürze, so ist das, wenn man sich gesund mit viel Pflanzenkost ernährt. Ja, um Sex und Kinder geht es auch.

Es sind Titel für Kurzgeschichten und Romane, die wir niemals, nie schreiben werden noch können in den wenigen Lebensjahren, die zumindest mir noch verbleiben.

Und hier folgen sie angeordnet in zwei Kapiteln: Verschiedenes von A bis Z (220 Titel) und Grimms Märchen einmal anders (45 Titel).*

Wenn du willst, suche dir einen oder mehrere für dein neues Buch aus und/oder lasse dich einfach »nur« von den Titelideen inspirieren!

Da fällt mir doch ein: Du kannst deine Ideen natürlich auch handschriftlich ins *Buch der Leere* eintragen, auch etwas Irres von diesem Nitzsche, diesem Spinner. Oje, das bin ja ich.

Rainar Nitzsche
Kaiserslautern, August 2022

*: Ach ja, als Zugabe gibt es ganz hinten noch die Titel von Büchern, die wir schon veröffentlicht haben (unter den Autorennamen Alexa E. Bach (Elke Bouché), Olaf Olsen (Rainar Nitzsche) und Rainar Nitzsche.

Inhalt

Titel von A bis Z angeordnet

A

Ah, de Michael!

Nein, hier liegt kein Schreib-, kein Druckfehler vor.

»Ah, de« ist natürlich keine Abkürzung für »Ade«, das ist klar, schreibt man ja auch nicht mit »h« und in einem Wort, denn ein Abschied soll es nicht sein, worum es hier geht. »Aha, der Michael!« ist hier gemeint.

Doch es muss nicht unbedingt »Michael« sein, wie du dir denken kannst, diesen Vornamen können wir durch jeden anderen Namen ersetzen. Also geht auch »Ah, es Elke!« oder aber »Ah, de Rainar!« So heißt es hier in der Pfalz.

Mit diesen Worten beginnt die Begrüßung, und dann kommt wie auch andernorts üblich viel Belangloses. Jeder erzählt von dem, was er erlebt hat, von seinen Problemen, seiner Gesundheit, seinen Erfolgen und Misserfolgen und hört nur mit halbem Ohr oder dem anderen überhaupt nicht zu. Und wenn ich »jeder« sage, so meine ich auch mich. Zudem, so verallgemeinert stimmt die Aussage nicht, denn mancheine(r) schweigt und nimmt alles auf, was der andere sagt, dann erst antwortet sie oder er.

So ist das, so war es. Andere begrüßen sich mit »Hallo!, Und?, Wie gehts?, Alles klaro?« - »Hi! Hello! Howdie! - ...«

Anderswann und Anderswo

Weder nirgendwann noch nirgendwo in unserer Menschenwelt, sondern irgendwo und irgendwann in einer anderen Welt, einer anderen Dimension jenseits, neben unserem Universum geschieht es.

Und auf Erden klingt es, singt er von der Liebe: »irgendwann, irgendwo, irgendwie« und sie »irgendwie, irgendwo, irgendwann«.

Anderswann und anderswo aber, da geschieht es, stürzt die Welt in den Abgrund oder wohin auch immer!

Du ahnst es, du weißt es, du schreibst es auf, immer und immer weiter, bis du nicht mehr kannst und eingeschlafen bist.

Armabsäge und Kopflosmann

Diese Säge sägt Menschenarme ab. Gar nicht nett ist das aus unserer Sicht. Und niemand hat es ihr befohlen, sie tut es aus eigenem Antrieb und allein. Und wie sie es schafft, sich durch die Luft zu bewegen und nachts den Passanten aufzulauern, weiß kein Mensch. Das ist das eine: sie. Ein Segen, dass hier nur Worte stehen. So hören wir nicht ihre Opfer schreien, sehen kein Blut sprudeln, lesen, was noch passiert.

Und der Mann, der seinen Kopf verloren hat, wie auch immer es passiert sein mag, er dürfte nicht mehr leben und tut es doch. Blind läuft er im Zimmer herum, dann raus aus dem Haus, die Straße entlang, auf dem Bürgersteig, versteht sich, hierzulande muss alles seine Ordnung haben. Und wie soll er sie augen - und ohrenlos wahrnehmen?, stellt sich hier die Frage. Doch zunächst: Begegnen sie sich überhaupt, wenn ja, dann wo und wann?

Ja, sie treffen aufeinander.

Nein, sie schneidet dem Kopflosen nichts ab. So nimmt er sie in seine Arme und drückt sie an sein jetzt schneller schlagendes Herz. Sie und er, Täterin und Opfer haben sich gefunden.

Menschen gibt es hier nicht auf der winzigen Insel, wohin sie irgendwie und irgendwann gelangt sind. Und keiner muss mehr leiden, sie wird niemals mehr schneiden. Beide sind glücklich verliebt. Ach wie schön, wer hätte das gedacht! Ich weine.

Arschbinde und Arschlecker

Nein, um Binden für Frauen geht es hier nicht. Auch wenn eine von ihnen die Idee für ihn sie zu benutzen hatte. Doch wenn es hinten nicht so ganz dicht ist, ein wenig tropft oder gar ab und zu läuft, ja, weil da eine(r) Hämorrhoiden hat, dann hilft sie all denen, die Schiss haben zum Gastroenterologen zu gehen und sie veröden zu lassen, oder einfach lange warten müssen, denn ihr Termin liegt in weiter Ferne.

Das ist das eine, das andere, der andere, die andere wird »Arschlecker« genannt. Schon richtig gelesen. Hier gehts nicht um den Arschkriecher, sondern um ... »Leck mich am Arsch!«, lautet die Redewendung, »du kannst mich mal ...! Und so tut er es, wenn sie es will, und auch sie, wenn er denn unbedingt darauf besteht.

Die Blaugrünmangelmutante

Geht es hier um Augen?

Alle blauäugigen Menschen haben einen Vorfahren, wohl im Kaukasus entstanden, heute sehen so 10% aller Menschen aus, so steht es im Netz. Doch das werden immer weniger, von grün wollen wir gar nicht erst reden. Braun ist die Augenfarbe, die alle anderen überdeckt, so war es einst, so ist es bei der Mehrzahl aller Menschen. Rote Augen haben Albinos und - allerlei Monster.

Doch was ist eine Blaugrünmangelmutante? Nicht grün noch blau, also braun oder doch ganz etwas anderes, wenn es überhaupt um unsere Augenfarbe geht?, frage ich mich und - dich.

Blutende Brötchen küsst man nicht

Aha, es geht um Brötchen, hierzulande überall bekannt. Butter, Marmelade, Käse, Wurst und vieles andere lässt sich draufstreichen und -legen. Doch Brötchen bluten doch nicht in der Realität, was auch immer das sein mag, doch in einem Horrorfilm, ja da … Sind diese hier etwa lebendig und alle anderen nicht? Und überhaupt, wer küsst schon sein Brötchen? Nun ja, deine Lippen berühren es, jetzt am Morgen, wo du kräftig zubeißt - und es aufschreit vor Schmerzen, ein Schwall von Blut, es stirbt!

Das Boot der Brotin

Ihr fiel es ein, er schrieb es auf und nun steht es hier.

Da ist doch nicht etwa »Das Brot der Botin« oder das »Boot der Botin« gemeint, ein Schreibfehler?

Nein, nein! Einfach mal ein »r« vertauscht und schon ist der befremdliche Titel erschaffen.

Ging irgendetwas in ihrer Beziehung schief?

Nein, nicht bei Dichter und Dichterin, sondern …

Wie auch immer, Boot und Brotin, er und sie sind jetzt ein Paar, so etwas wie Mann und Frau. Welchen Namen aber sollen sie gemeinsam tragen, wenn sie denn wollen? Sie können wählen, wie auch wir heutzutage hier in unserem Land. Nehmen sie beide den Namen Boot oder Brotin oder den Doppelnamen Boot-Brotin bzw. Brotin-Boot an?

Und erst ihre Kinder, wie wird ihr Nachname sein? Doch das mag sie gar nicht interessieren. Die entscheidende Frage lautet hier: Werden sie ihre Vornamen lieben, die noch viel seltsamer sein mögen bei solchen Aliens wie diesen?

Brombeerzirkus und Heckenrosentanz

Im wild wachsenden Garten vor seinem Hinterhofhäuschen wachsen Heckenrosen gigantisch hoch und Brombeeren darunter und darüber, zum Gehweg hin und überhaupt in alle Himmelsrichtungen. Dort oben an ihren Blüten wimmelt es bei Sonnenschein jetzt Mitte Juni in einem der Coronajahre nur so von Hummeln mehrerer Arten.

Können wir das Zirkus nennen? Und tanzen die Heckenrosen und wedeln mit ihren Blüten heimlich bei Nacht sich zu?

Ich weiß es nicht, der Titel fiel mir einfach nur so ein. Du aber ...

Brotbrut und Backpack

Ein Brot gebacken, Backpulver und das Pack, die Brut. Ist es das, was hiermit gemeint ist?

Sind nicht die Kinder eines Brotes kleine Brote, die über Nacht entstanden sind, bevor in der Frühe der Bäcker die Backstube betrat und in den ansonsten leeren Raum hineinrief: »Wo kommt ihr denn her? Wollt ihr etwa in jungen Jahren, kaum zur Welt gekommen schon von Menschenmündern und Messern aus Metall massakriert werden? Oder soll ich euch noch ein wenig wachsen lassen, ein bisschen Hefe und Wasser hier und da, Ofenhitze selbstverständlich, bevor ihr vorne in die Auslage kommt?

Und mit Backpack ist vielleicht nur eine Packung Backpulver gemeint, ein zusammengesetztes Kurzwort, wo einfach nur ein »pulver« und ein »ung« fehlen.

Brunser groß und Brunser klein

Brunser groß und Brunser klein, scheint ein Mann und ein Junge zu sein, und die tun es bestimmt nicht nur daheim.

Brunsen, auch brunzen, das ist pissen, pinkeln, die Blase entleeren an der Straßenecke und auf der Toilette, hinterm Busch, am Baumstamm auch. Sie in der Hocke und er im Stehen. Ursprünglich heißt es »brunezen«, einen Brunnen machen.

Hier jedoch stehen zwei nebeneinander, Vater und Sohn sind beide Brunser, nur dass man sie so nicht nennt.

Ach ja, fürs Brunsen gibts noch viele andere Worte mehr. Schaust du nach im Duden, so findest du für die Jüngsten unter uns: klein, Lulu und Pipi machen, pieseln und pullern. Bei den etwas Älteren und Erwachsenen heißt es schiffen, seichen und strullen, abschlagen, austreten gehen, harnen, urinieren, Miktion und Urese. Das alles fürs Wasserlassen, wobei jede(r) weiß, dass Urin nun einmal kein Wasser ist, sondern nur sehr viel davon enthält.

Doch all dies Geschwafel, all diese Namen für die eine Sache sind ohne Bedeutung, sind Schall und Rauch. Entscheidend ist doch: Was werden der große und der kleine Mann tun, wenn sie denn fertig gebrunst haben?

Scheißen sie? Dazu müssten sie in die Hocke gehen.

Oder scheißen sie sich etwa an? Ja, das ginge auch im Stehen.

Und stünden die beiden nicht nebeneinander, sondern wären durch Raum und Zeit voneinander getrennt, ja dann könnten es das kleine Rainarle und der große Rainar sein, die dasselbe tun, der eine hier, der andere dort, nämlich brunsen. Anscheißen könnten sie sich jedenfalls nicht.

C

Cache und Käfer

Eine Liebesgeschichte oder doch eine Tragödie zwischen Menschentechnik und Lebewesen, zwischen ihm und ihm? Oder was macht ein Käfer im Cache? Und dann stellt sich ja noch die Frage: Wie groß ist der Cache im Käfergehirn?

Cache ist das Wort, das fällt einem heutzutage bei »c« wie Caesar ein, und was es ist, weiß jedes Kind. Klar doch, das ist der Arbeitsspeicher im Computer, ein Zwischenspeicher und Puffer, dies und sonst nichts, wie die meisten? von uns heute wissen, die Jüngeren ja, die Ältesten und Älteren eher nicht.

Käfer jedoch kennt fast jeder, noch gibt es sie, diese kleinen gepanzerten Insekten. Mai-, Mist-, Hirschkäfer fällt da den meisten von uns ein - so mag es sein oder auch nicht. Wer's nicht weiß und wissen will, der googelt halt.

Camping im Radieschenhain

Da ärgert sich das Wüstenschwein

Da reimen sich also Titel und Untertitel. Doch Schweine in der Wüste, die würden verdursten. Wäre es ein Wüstenfuchs, ja. Und so nannten sie auch einen Menschen einst einmal Mitte des 20. Jahrhunderts in Nordafrika.

Camping, Radieschen und Hain, diese Begriffe kennen wir. Doch einen sonnigen, lichten Wald, Gehölz können diese kleinen Pflanzen doch kaum bilden - aber wären *wir* kleiner, ja dann sähen wir auf zu den grünen Stängeln und Blättern, ein Hain mag es dann für uns sein. Und was wir Menschen essen, sind die roten, scharfen Knollen, das was an der Radix, der Wurzel wächst. Wir würden graben und graben und uns an einer von ihnen satt essen, voll fressen.

Also stellt sich uns großen Menschen, mir und dir die Frage: Wer von den Campern sieht sich hier im Hain wann die Radieschen von unten an? Das aber heißt: Radieschen wachsen hier nicht, kein Gärtner in Sicht. Leichen aber gibt es bald im stillen Wald, ja, eher Wäldchen, schließlich sind wir mittendrin in einem Horrorfilm.

Chakren leuchten in Chrom

Alle sieben Hauptchakren in deinem Körper, die da kreisen vom Steißbein empor bis über deinen Scheitel hin, leuchten in den Farben feurig-rot, orange, gelb, grün, hellblau, indigoblau und violett, doch auch in anderen Farben wie weiß und gold, ja, auch silbrig. So steht es in den alten Büchern, so wird es erzählt. Und siehst du es so mit geschlossenen Augen in dir? Doch silbrig glänzend ist Chrom, ein Schwermetall, fest und hart und - tot. Die Chakren aber sind Leben, Bewegung und Wandel.

Was also ist, wenn sie erstarren?

Und färben sie sich schwarz, bist du dann endgültig tot?

Chamäleon grau ärgert sich blau

Weil da ein anderer ihm die Frau weggeschnappt hat? Also ist es bei ihm vorbei mit den Werbungsfarben. Der Alltag - beutefangen, essen und andere Dinge mehr - hat den alten Mann wieder eingeholt. Da ist kein Sex mehr. Die Jungen aber machen weiter, verlieben sich ineinander, wie es nur Chamäleons untereinander können, denn ihre Kinder sind die Zukunft der Art.

Chatcheck im Chinachor

Chat, das ist Quatschen, Plaudern per Text im Internet, wie jeder Jugendliche heute weiß und manch Alter nicht, es sei denn, sein Computer will nicht so wie er will, Windows macht kein Fenster auf, weigert sich einfach, ihn reinzulassen, ja dann beginnt ihr Chat mit Microsoft.

Check heißt Kontrolle. Also liest da wohl irgendwer heimlich mit, was du da schreibst. Das wäre ein Chatcheck.

Ja, in China wird so vieles überwacht und kontrolliert, zensiert. China ist ein großes Land mit mehr als 1,4 Milliarden Menschen, und zusammen singen sie im Chor das eine Lied von Heimat. So sollte es sein und ist es doch überall nicht.

Chorclips Medusenschein

Was ist denn das?

Quallen, ja, die gibts, Medusen, in der Tiefsee leuchten sie.

Singt ein Chor uns was vor, doch alles hören wir nicht, nur hier und da ein wenig einer Strophe, abgeschnitten sind die Lieder, Clips, nicht mehr, denen andere lauschen in der Ferne, so sind sie ihnen nah.

Clowngesang

Singt ein Clown, der niemals spricht. Das gibts doch nicht! Und ob! Es geschehen noch Zeichen und Wunder, denkst du. Du hörst ihn singen und siehst es nicht. Ist es ein Er oder doch eine Sie? Die Stimme ist hell, die in dir erklingt. Er lächelt dich an, der Clown oder doch die Clownin, ihre Lippen bewegen sich nicht.

Cooler Coup - die Parkbank schreit

Ihr / sein Coup: ein Faustschlag, Husarenstück, Action, gelungen oder auch nicht. Immer schön cool bleiben, die Ruhe bewahren, ja. Nicht kalt, heiß gehts her. Wie auch immer, »Cooler Coup« klingt doch wirklich gut, und deshalb steht es hier.

Und da schlägt wohl irgendwer ganz lässig auf die Parkbank ein, die aufschreit, schreit noch immer und hört nicht auf mit tiefer Stimme.

Bänke leben doch nicht!, wunderst du dich. O.k., heute noch nicht, doch morgen? Dann wird sie leben und fühlen und lachen und weinen und schreien, wie du und ich.

D

Diverstoilette

Albtraum für die Putzfrau: Jetzt heißt es im Rathaus nicht nur die Klos und Pissoires in den Frauen- und Männertoiletten zu reinigen, sondern auch noch die dritte Kategorie, die gerade neu eingerichtet wurde - auf den Protest von Frauen, die keine Männer in Frauenkleidern bei sich haben wollten: Die Toilette für Diverse. Mehrarbeit, auch wenn sich von den Quadratmetern her nichts geändert hat. Doch so ist es nun einmal im 21. Jahrhundert in deutschen Landen, hier und dort und überall ständiger Wandel. »Die Welt hat sich weitergedreht«, heißt es in Stephen Kings *Der dunkle Turm.* Albtraum, noch ein Toilettenraum dazu, noch mehr zu putzen.

Doowylloh

Wer weiß schon, was da ist? Nichts Ungewöhnliches hinter dem Schriftzug oben auf dem Berg in L. A., das jedenfalls steht fest. Doch Hollywood ist mehr als ein Wort, wie heute fast jedefrau und jedermann weiß. Filme werden dort seit vielen Jahrzehnten produziert, noch und nöcher - in Hollywood. Doowylloh - das ist Hollywood von hinten.

Was wohl in der Spiegelstadt geschehen mag?, das ist hier die Frage. Möchte die Antwort gerne wissen wie auch du vielleicht - und weiß es nicht - und werde es nie erfahren?«

Werden hier die Filme massenhaft vernichtet, verbrannt, gelöscht, all die, die in Hollywood produziert wurden und noch viele mehr? Dann aber wäre zuerst Hollywood und Doowylloh als ein Spiegelbild erst als zweites entstanden, denn wenn nichts da ist, kann auch nichts vernichtet werden. Oder entstanden beide gleichzeitig, das Bild und das Spiegelbild?

Mag sein, dass es so oder so ist und anders in anderen Welten. Doch um Filme geht es da gar nicht, denke ich. Keine Ahnung worum.

Und das ist eine Minderheitsmeinung, könntest du denken. Richtig ist's, zugleich die Meinung der meisten und der Mittelwert, denn ich bin einer, nicht weniger, nicht mehr. Und so könnte es sein. Ist es das?

Die Dornenkrone

Jesus trug sie einst vor mehr als 2000 Jahren, lang ist's her für Menschen wie dich und mich. Römische Soldaten setzten ihm einen Kranz aus

Dornen auf, seine Krone, und quälten und verspotteten ihn. So steht es in der Bibel, so haben wir es gelernt. Doch um ihn geht es hier nicht, sondern um eine andere Dornenkrone, die keine ist und doch ...

Da sitze ich nun dornenbekränzt auf meinem Gartenstuhl mit dem Kopf an den Zweigen der blühenden Heckenrosen, die stechen mir in die Haut durch mein gerade kurzgeschnittenes Haar, denn es ist warm hier draußen jetzt Ende Mai hier in der Pfalz.

Das andere aber, die andere, die wir »Dornenkrone« nennen, ist ein Seestern mit 6 bis 23 Armen, ein Riese, der wie die Heuschrecken an Land in großer Zahl über die Korallenriffe herfällt. Und der Stich seiner giftigen Stacheln tut keinem Menschen gut. Er aber lebt im Meer, geht nicht an Land, ernährt sich von Steinkorallen, die frisst er in der Nacht. So kann es jede(r) in Wikipedia nachlesen. Und an dir ist es nun, über diese oder die andere oder beide zu schreiben - oder auch nicht.

E

Das einbeinige Hühnchen

Die Bestellung beim Ober im Indischen Restaurant: »Bringen Sie mir doch bitte ein einbeiniges Hühnchen mit Holzbein und Flügelkrücke! Schon einmal danke im voraus.«

Der Kellner versteht nicht ganz, nicht alles, so gut deutsch kann er nun auch wieder nicht, doch was ein Hühnchencurry ist, das weiß er, das wird er servieren - sehr zum Missfallen seines Gastes, der das Lokal erbost und brüllend verlassen wird. Vielleicht aber auch wortlos, gar weinend, weil niemand seine Wünsche erfüllt.

Die Eintopftöpfin

Das sind ja zwei! Der Eintopf und die Töpfin. Sie und er für immer und ewig ein Paar, verschmolzen zu einem Wesen.

Mag sein oder auch nicht. Wer weiß das schon! Ich bilde es mir ein.

Ekelelke und der irre Rainar

Elke und Rainar, die sind ein Paar. Ist sie manchmal eklig zu ihm oder ekelt sich vor ihm? Er hingegen macht manchmal irre Dinge, ein Beispiel, was das Schreiben betrifft, ist sein Werk »Das Buch der Leere« und dieser Titel hier, na, ich weiß nicht recht. Und außerdem, mir fällt gerade auf, dass ich von mir und meiner Freundin schreibe. Wen interessiert das schon? Und ob du ein Buch mit diesem Titel verfassen willst, ist doch sehr fraglich. Aber die Namen lassen sich ja austauschen.

Elkes Ekelesel

Dreimal »E«, das hat doch was, klingt einfach gut.

Nun aber stellt sich die Frage, warum Elkes Esel so eklig ist. Wie sieht er aus? Muss man sich vor ihm ekeln oder empfindet nur sie Ekel vor dem Tier, dass ihr da aus der spiegelnden Oberfläche des Teichs entgegenschaut?

Erikas Hochzeit

Nein, hier geht es nicht um eine Menschenfrau namens Erika, die dem Erich nah verwandt ist, wie man liest, sondern um die Heide, das Heidekraut mit dem lateinischen Namen, den Menschen ihr gaben, und der da lautet »Erica«. Also wäre hier ein kleiner Schreibfehler zu bemängeln, wenn denn nicht im Deutschen von Erikagewächsen gesprochen würde. Also belassen wir's bei »Erika«. Menschen pflanzen und hegen die Heide. Lüneburger Heide und Heidschnucken fällt den meisten von uns sofort ein. Und dann stellt sich heraus, dass es gar keine *Erica*-Art ist, die auf unserer Heide wächst, sondern die Besenheide *Calluna vulgaris*.

Erika feiert Hochzeit, und das heißt: Bienen oder auch der Wind transportieren ihren Pollen von einer Blüte zur anderen, und die Stempel in den Blüten empfangen ihn, nicht den eigenen, sondern den fremden. Und das ist die Hochzeit, die Erika und all die anderen, die sind wie sie, still und unbemerkt von uns feiern.

Ernas Ehre

Erna, eine Kurzform von Ernestine und abgeleitet aus Ernst, der im Kampf Entschlossene, ja, um die geht es hier, könntest du in der Einleitung deines neuen Buchs schreiben - oder auch nicht. 1900 war der Vorname in, heute schon lange nicht mehr, also kennen nur noch wenige Menschen die »Klein-Erna-Witze«, die ihren Ursprung in einer nicht zerbrochenen Sektflasche bei einer Schiffstaufe in Hamburg hatten - es war eine Erna, die es nicht hinbekam. So steht es geschrieben.

Und Ehre, was ist das? Eine Wertschätzung durch andere Menschen. Ja.

Hab die Ehre! Ehre, wem Ehre gebührt! Ein ehrenwerter Herr steht dort inmitten all der anderen, so einsam und allein, weil er anders ist als all die anderen: ehrhaft und unbestechlich. Veranstalten wir doch ein Fest zu seinen Ehren. Auf Ehre und Gewissen. Bei unserer Ehre, ja das tun wir. Sie macht ihren Eltern alle Ehre, die ihre Erbstücke für sie in Ehren halten. Sein Wort in Ehren, doch ... Eine Ehre ist es, für sein Land im Sport zu siegen und auf dem Podest zu stehen und den Pokal stellvertretend für alle überreicht zu bekommen.

»Die verlorene Ehre der Katharina Blum« fällt mir hier ein, der Titel eines Romans, verfasst von einem gewissen Heinrich Böll. Und was geschah mit ihr, wie verlor sie ihre Ehre?, willst du wissen, wenn du es schon nicht weißt. Sensationsgier der Menschen und Profitgier eines bekannten Boulevardblattes (um Bildung geht es darin nicht) entwarfen von ihr kein ehrbares und ehrliches Menschenbild.

Ehre, hm, auf dem Feld der Ehre gefallen, wie toll, nicht nur die Revolution, der Krieg frisst seine Kinder hüben und trüben und allüberall. Und die Angehörigen erweisen ihm die letzte Ehre am Grab. Dann hängt die Witwe seine Orden an die Wand und weint. Doch hier geht es ja gar nicht um einen Mann.

Was also geschah mit Erna? Wurde sie in ihrer Ehre verletzt? Oder ehrt es sie, eine gute Tat vollbracht zu haben? Oder wer entbot ihr seine Ehre? Hat sie ihre Ehre verloren, wurde sie der Jungfräulichkeit beraubt, wie es vornehm so schön heißt? Wenn ja, durch wen und wann und wie und überhaupt ... Fragen über Fragen, glücklicherweise nicht an mich, sondern nur an dich.

Esel steht auf Schaf

Ja, Esel steht auf Schaf. Das ist wie bei den Bremer Stadtmusikanten, nur dass in diesem Märchen gar kein Schaf vorkommt. Darin standen Hahn auf Katze auf Hund auf Esel, um die Räuber zu erschrecken, zu vertreiben aus ihrem Haus. Da war, da ist für ein Schaf nirgendwo Platz. Ohnehin hätte es mit allen vier Tieren, aber auch »nur« mit dem Esel auf seinem Rücken eine ganz schöne Last zu tragen. Also steht da kein Esel auf einem Schaf, es sei denn, es läge auf dem Boden, lebendig oder tot. Ja, denn ginge es: Esel könnte auf Schaf stehen. So also geschah es nicht.

Soll ja vorkommen, dass eine(r) einer Art auf eine(n) der anderen steht. Hier ist es ein Esel, der sich in ein Schaf verliebt hat und nicht mehr von dessen Seite weicht. Ja, die beiden sind noch jung und doch schon feste Freunde. Was aber wird geschehen, wenn beide erst älter, geschlechtsreif sind? Wird er - der Esel dann über sie - die Schafin herfallen? Sex zwischen zwei Arten! Das mag es gelegentlich geben, wenn es denn anatomisch möglich ist, und das wäre es hier. So mag es sein, so könnte es geschehen, denke ich.

Du aber siehst alles ganz anders, also werden dein Esel, dein Schaf was erleben?.

F

Fickifuckizungenreiner

Nun, »Reiner«, nein, das muss doch »Reiniger« heißen oder etwa nicht. Reiner wirds durch den Reiniger. Nie mehr Küsse ohne ihn.

»Halt, gibt keinen Kuss! Und mehr ohnehin nicht!«, spricht sie zu ihm und er zu ihr und sie zu ihr und er zu ihm - und auch der Spiegel zu ihm, zu ihr, die dort draußen leben.

Also was ist als erstes zu tun?, lautet die Frage aller Fragen. Und die Antwort ist: Den Ficki-Fucki-Zungenreiniger benutzen und dann ohne Angst vor Mundgeruch ihn, sie, wen auch immer – küssen. Auf den Mund und auch die anderen Körperöffnungen hier und da, dort unten, das ist klar. Und dann, what the fuck, gehts erst richtig los mit dem Fick.

So spricht die Werbung. Also tun es viele, und es werden immer mehr.

Flamingotanz

Erst wenige, dann immer mehr, viele schreiten im Gleichschritt wunderbar rosarot im seichten Gewässer dahin. Dies ist die Balz. Das ist die Synchronisation von Paarung, Eiablage und Jungenaufzucht, der Schutz der Masse. So geschieht es, so ist es!

Nun aber haben es sich Menschen abgeschaut und überall auf den Plätzen in den Städten, aber auch auf den Markplätzen auf dem Land finden sich zahlreiche ein und beginnen in großen Gruppen voreinander, hintereinander, miteinander ihre Beine zu bewegen, synchron. So laufen sie dahin und singen und springen, schauen sich an im Laufen, finden so zueinander, stehlen sich fort, bei ihr, bei ihm tanzen sie weiter bis ins Bett hinein.

Fleisch - Alt liebt Jung

Die Haut zerfressen, der Arm gebrochen, das Bein ist ab, die Lunge dicht, und auch Herz und Hirn, die wollen nicht mehr so richtig?

So ist es, so war es, so wird es immer sein, denkst du - und hast recht.

Doch in näherer Zukunft wird die Heilung anders und erfolgreicher sein als heute. Da wird nicht mehr gehämmert, genäht, gesägt, geschnitten und verklebt, wird weder Kunststoff noch Metall als Ersatz ein- oder angebaut.. Dann liegt der Kranke isoliert, vielleicht in einem Tank oder auch nicht, und träumt so vor sich hin, während sein Körper heilt. Knochen und Fleisch und Gefäße und Nervenzellen, Organe innen und außen die Haut, sie alle wachsen nach, bilden sich neu. Regeneriert wird der Patient schließlich geweckt und ist gesund.

Tja, und wenn es so geschehen ist, dann wird neues Fleisch gewachsen sein im alten Körper, und die alten Teile lieben die neuen, die deinen Körper ergänzen zu einem vollständigen Menschen. Zusammen bewegen sie sich durch Raum und Zeit, alt und jung vereint und doch dem Ende entgegen, wann immer das sein mag, wie wir alle, die wir Lebewesen sind.

Die Fliegenmadenprozession

Nein, nicht die der Raupen des Kiefer-Prozessionsspinners, eines Schmetterlings, mit ihren giftigen Haaren sind hier gemeint. Es sind die nackten Maden von Schmeiß- und Goldfliegen, die aus den Eiern schlüpfen, fressen, sich häuten, weiterfressen, bis sie sich als ein Tönnchen verpuppen, woraus schließlich die Fliege schlüpft. Sie alle bewegen sich zuckend im Innern der Leichen und stoßen dorthin vor, wo noch totes Fleisch, nicht mehr warm und nicht mehr heiß, auf ihre Kiefer wartet. Eine kroch beinlos vorne weg, vom offenen Bauch hinauf Richtung Kopf, die anderen folgten. Und jetzt löst sich die Prozession auf, nach allen Seiten, nach überall, wo Fleisch noch ist und keine Leere. Die Älteren hingegen streben der Oberfläche zu, um sich zu verpuppen. Wenn sie als grün schillernde Fliegen schlüpfen, wird sich nach Paarung und Eiablage der Kreislauf schließen: neue Maden werden schlüpfen, wenn nicht hier, dann in anderen Leichen.

Flöterine und Flöterich

Welch ein Paar! Sie und er, die flöten zusammen, würden es tun, wenn sie denn Menschen wären. Das aber sind sie nicht. Also ist da kein Flötist. Was also mögen die Worte bedeuten, wenn nicht das?

Ich weiß es nicht.

Die Fönistin

Meine Freundin fönt mir meine Haare nach der Dusche. Meine Stirn liegt an ihrem Bauch. Das ist Intimität der besonderen Art jetzt und hier am Morgen. Schön. Da fällt mir ein schöner Begriff ein.

Nein, nicht dem Friseur entsprechend die Friseurin, auch nicht die Friseuse, wie es einst einmal in deutschen Landen hieß. Also nennen wir sie nicht Fönerin, sondern entsprechend der Flötistin eine Fönistin.

Furz der Große

Gewaltig tönt es, oh der Graus! Und stinken tut er auch. Ist fürwahr der Star unter all den anderen Fürzen, die Mensch und Tier so von sich geben im Leben.

Sein Name aber lautet nicht Karl, auch nicht Peter, sondern Furz der Große, wie sollte er auch anders heißen.

Furz und Fürzin

Endlich trafen sich beide, verliebten sich auf den ersten Laut. Und so entstanden viele kleine Fürze, die wuchsen und wuchsen, bis sie erwachsen waren. Und sie suchten und fanden sich und verbanden sich. Und so wurden aus ihnen wiederum viele kleine Fürze geboren. Und so ging es weiter und weiter, bis schließlich die ganze Welt ein einziger großer Furz war. Und als der verklang, war alles zuende.

Furzbewegung

Vom Stuhl am Tisch aufgestanden. Arsch hoch!, damit der Furz entweichen kann. Oder aber nur zur Seite gedreht im Sitzen. Befreiung!

Vielleicht aber handelt es sich hier um eine andere Art der Bewegung, eine gesellschaftliche Gruppe, Initiative, ein Verein, gar eine Partei?

Nein, das ist nicht ihr Name. Doch ihre Gegner nennen sie so, aus welchem Grund auch immer. Scheiß drauf!

Fürze aller Länder vereinigt euch!

Und wäre es so, so wüchse zusammen, was zusammengehört. Und mit ihnen kämen alle Menschen sich näher und Staaten wären Vergangenheit. So könnte es sein, nein, Fürze müssen es nicht unbedingt sein, es könnte auch ohne sie gehen. Und einer schrieb einst ein Buch mit dem Titel *wir ... menschen der erde* - Realität und doch ein Zukunftstraum.

Ach so, den kenne ich ein wenig, so ein kleiner großer Dichter, den wieder andere gar nicht kennen. Und sehe ich in den Spiegel, so schaut er mich an.

Die Fürze der Nacht

Im Dunkeln erwacht, welch eine Pracht!

Unbemerkt für den, der schläft. Doch nicht für den anderen, der neben ihr / ihm liegt und noch immer wach ist, und so wird es sein die ganze Nacht. Aber so schlimm ist es ja gar nicht, stinkt es nicht, denkt er still bei sich.

Furzer und Furzerin

Ein goldiges Paar – das reimt sich ja.

Sie und er und er und sie, welch ein Anblick, beide schon alt, gehen Hand in Hand spazieren. Und hier draußen im Wald hört sie niemand sonst. Da können sie es beide ordentlich furzen lassen. Riechen tun sie nicht viel, denn sie lassen sie hinter sich, hier auf dem Weg in die unberührte Natur, wie es so schön heißt und die es nicht ist. Ihrem Ende gehen sie lächelnd entgegen. Ein kurzer Schmerz vielleicht bei ihr und ihm zugleich, ein schöner Tod, der dort nicht fern schon auf sie wartet.

G

Die Gabelkinder

Zwei Gabeln kreuzen sich, ihre und seine, beim Mittagstisch.

Später nach dem Geschirrabwasch: Viele kleine Gäbelchen, Nachwuchs von dem *einen* Mal, springen in der Schublade herum und ärgern die Messer, die beschließen sich auch zu vermehren. Messerchen und Gäbelchen wachsen zusammen auf und besetzen schließlich die Küche. Kein Mensch kommt jetzt mehr dort hinein. So sind sie ganz unter sich, haben sich viel zu erzählen und fragen sich, wie es Gabeln und Messern einst unter der Herrschaft der Menschen wohl ergangen sein mag.

Gabelmessler und Messergabler

Es herrscht Friede zwischen Messern und Gabeln, erstmals wieder seit langer Zeit. Also geschieht, was geschehen muss: Irgendwann paaren auch sie sich untereinander, heimlich in der Nacht, versteht sich. Un ihre Kinder heißen Messergabler (der Junge) und Gabelmessler (das Mädchen).

Die Ga(r)stige Vielfraßin

Da kommt sie zu ihm, ein Gast, sorry, eine Gastin, stürzt sich aufs Mittagessen, macht ihn, der sich alle Mühe gab, zur Sau, lässt ihm aber erstaunleweise auch ein wenig übrig, schließlich hat er es zubereitet, obwohl sie gewaltigen Hunger hat, ihr Bauch muss noch wachsen, das ist klar. Und kaum alles aufgegessen ist sie auch schon wieder weg, dieses garstige Weib, diese Vielfraßin.

Du willst wissen, wer sie ist? Soll ich es dir wirklich verraten? Wenn ja und sie davon erfährt, rettet mich nur noch ein leckeres Mahl beim nächsten Mal. Die Ekle, pardon, das Ekel, nein, es Elke wird sie genannt.

Gewinn: Einmal Rainar und - ohne zurück

Eine Zugfahrt mit dem berühmten Autor, Künstler und Musiker und was er noch alles sein will und doch nicht ist. Das ist der Hauptgewinn, über den sie sich wahnsinnig freut. Und jetzt sitzen sie beide im Zug, dem ICE, nebeneinander und unterhalten sich nicht, sehen sich nicht an, schauen einfach nur geradeaus, sitzen still, so als wären sie erstarrt. Mag sein, dass sie es sind oder aber sich einfach nichts zu sagen haben, wer weiß das schon. Wo fahren sie hin? Ich weiß es nicht, und du Leser*in wirst es nie erfahren.

So braust das Leben im Schnellzug dahin.

Ach ja, den Autor kennen übrigens nur wenige Menschen, und auch sie hat nie etwas von ihm gehört und also weder das große noch überhaupt ein Los gezogen - aber auch keine Niete.

Der Grauhaarbrillenkopfaffe

Ein Brillenko-Pfaffe oder doch wohl eher ein Brillenkopfaffe mit grauen Haaren, ja, so wird es sein. Trägt er eine Brille im Gesicht oder nur die Zeichnung am Kopf? Wer weiß!

Grinsefratze und Fratzengrinser

Da grinst einer so vor sich hin, zieht eine Grimasse, schneidet eine Fratze. »Fratzengrinser« könnte man ihn nennen. Aus dem Spiegel schaut ihn die Grinsefratze an. Oh Graus und das zuhaus, jetzt sind sie schon zu zweit, der eine hier, die andere dort in der Spiegelwelt gefangen!

Grinsefrau und Grinsemann

Grinsefrau und Grinsemann, die grinsen sich an. Und dann ...?

Was lesen wir da im Duden? Das wissen wir nicht, wir tun es einfach, jeder von uns und die beiden erst recht. Und jetzt fällt dir etwas teuflisches ein, was du mit den beiden machst. Denn du bist ein Gott für ihre Welt, die aus deinen Gedanken entsteht. Du tust es, und niemand wird je erfahren was es ist, denn die dort unten reden nicht mehr. Und wir hier oben lesen es nicht. Und wenn sie nicht gestorben ist, dann grinsen sie noch immer.

Das große Bremsspurenbuch

Von Autos und Unterhosen, Hämorrhoiden und Fürzen. Das alles mag im Buch enthalten sein in Text und Bild, doch ohne Ton.

Der Grummelsinger

Es grummelt der Sänger so vor sich hin, und der Grummler fängt an zu singen. Welch eine Nacht, in der so vieles vollbracht, denn irgendwo mag auch eine Grummelsingerin sein! Und wenn sie sich endlich begegnen, was wird dann geschehen? Wettkampf oder Duett, Liebe gar auf den ersten Ton?

H

Handschuhe trägt man nur mit Hut

Nun ja, Männer tragen heute keine Hüte mehr und Frauen selten. Doch halt, ein Cowboyhut, das geht zumindest in den USA. Und die Jugend, auch glatzköpfige Alte laufen mit einem Cappy herum, den Schirm nach hinten oder wie gedacht nach vorne

Wenn es kalt ist, so im Winter, da sieht man Handschuhe überall, wenn auch nicht von jedem und jeder getragen.

Doch die Kombination Handschuhe und Hut kommt doch sehr selten heutzutage vor. Früher hingegen, ja, da trug die Dame von Welt, die sich nicht die Finger schmutzig machen wollte, zur Abgrenzung vom gewöhnlichen Volk, beides zugleich. Schon dem Sonnenschein durfte sie sich nicht aussetzen. Bleich war in, denn die draußen schuften mussten, bräunten schnell. Und zu denen mochte und durfte sie nicht gehören. Heute hingegen braten alle in der Sonne, hier auf den gemähten Wiesen im Park, im Solarium und am Strand. Handschuhe im Sommer trägt dort niemand.

Hannahs Höllenfahrt

Also um Peterchens Mondfahrt und auch nicht seine Höllenfahrt, darum gehts hier nicht. Jungs und Männer sind heutzutage out, gesellschaftlich zweiter Klasse, auch wenn Frau sie doch noch braucht. Also darf es hier kein Peter sein, ohne einen Jungen geht es auch. Also ist es Hannah, die Begnadete, Barmherzige, die sich auf die große Reise macht, in die Weite der Welt und - ohne Rückfahrkarte. Denn sie wandert aus, flieht vor dem Krieg, dem Hunger, den Männern, der Dürre, den Bränden, der Flut - der Meeresspiegel ist gestiegen - noch ein wenig nur, doch morgen umso mehr. Menschenhöllen sind es, in denen sie lebt, die sie verlässt, die sie betritt, durch die sie rennt. Und es hört nicht auf mit ihrem Tod.

Halt!, Hannah, ist das wirklich ihre Name, jetzt und hier und überall?

Schwarze wohnen im einst fernen Afrika mit mehr oder weniger dunkler Haut, je nachdem wie weit entfernt sie vom Äquator leb(t)en, wo die Sonne auf alles niederbrennt. Hier sind sie zuhause und überall dort, wohin ihre Vorfahren als Sklaven verschleppt wurden, von den Ost- und Südost-Asiaten einmal ganz abgesehen. Also heißt sie dort nicht Hannah, sondern vielleicht Mojo. Bei dir kann sie einen anderen Namen tragen. Hier heißt sie so und dort gänzlich anders, je nachdem wo dein Buch erscheint.

Das Haus mit den 13 Türen

Nein, im unberühmten Roman, der noch gar nicht vollendet ist, mit dem Titel U 13 von mir sind es nur 6 Tore in alle Richtungen des Raums. Hier jedoch handelt es sich um eine Bienenwabe, ein Sechseck, das die Wände um dich herum bilden. Auf jeder Seite befinden sich zwei Türen, das macht zwölf. Die 13. Tür jedoch öffnet sich unter dir, da gehts hinab in die Hölle, wohin sonst bei dieser Zahl!

Heckenrosengesang

Dass Heckenrosen heimlich bei Nacht, wenn die Menschen schlafen, im Garten tanzen und Brombeerblüten sie still betrachten und nicht nur sie, das wissen wir, das ist doch klar.

Ach, du hast davon noch nie gehört?

Jetzt bist du klüger. Doch ob sie wirklich mundlos singen und wenn ja, wann und wo und wie, das weiß ich nicht.

Der Hopf

Es war einmal ein Hopf, (k)ein armer Tropf.

Nein, kein Wiedehopf.

Es war also ein Hopf, der ...

Ja, wie geht es wohl weiter? Dir fällt sicher etwas ein. Du allein weißt es, ich muss es dir nicht sagen, kann es ja gar nicht, denn mir fällt weiter nichts ein.

Hopser und Mops

Was ist ein Hopser?

Mops ist eine Hunderasse, das scheint klar. Doch wer hätte das gedacht, auch einen Fettmops gibts im deutschen Vokabular, so nennt man einen dicken Menschen. Und im Duden findet man für ihn auch andere Bezeichnungen, von einem Fettkloß, Dickbauch, Dickwanst, Dickerchen und Fettwanst ist da die Rede. Und Moppel nennt man einen kleinen dicken Menschen. Und auch einen Mopp kennen wir, mit dem wird gekehrt. Gemobbt aber schreibt sich mit zwei »b«, mit diesem Buchstaben auch der Mob, der Pöbel, die Menschengruppe, die sich versammelt, um auf jemanden loszugehen.

Ist es etwa der Hopser, den sie jetzt lynchen. Warum aber sprang er nicht weg und tut es noch immer nicht? Wie auch immer, wer ist er oder was verbirgt sich hinter seinem Namen? Ein Mensch, ein Tier oder etwas, das keiner kennt - noch nicht - und einfach so durch die Gegend springt, eben hopst? Okay, jetzt tut er es gerade nicht, denn sie haben ihn gefesselt und schauen so dicht in sein Gesicht. Jetzt zieht ihm der Fettmops die Maske vom Gesicht, und wir erfahren nicht, was sich darunter verbarg. Alle Menschen erstarren. Und nur du weißt, was es ist und schreibst darüber, wie es war, was sie erlebten in dieser einen und anderen Welten, jeder für sich, bis zu diesem Zeitpunkt, wo sie sich gegenüberstehen, bis jetzt. Wie er aussieht und was die Menschen ihm antun werden, du wirst es wissen und falls noch nicht, gebrauche deine Fantasie

Hummelblütengesumm

Ein Summen, Gesumme von Hummeln vielerlei Arten beim Brombeerblütenbesuch in deinem Garten, wo du unter einem dornigen Schirm aus Heckenrosenzweigen auf deinem Gartenstuhl sitzt, die Augen geschlossen Ideen zu Überschriften für dieses Buch hier in dein Diktiergerät sprichst. Ja, das ist es!

I

IK - die Irre Kunstfrau

Jetzt habe ich meine Freundin hier am Küchentisch dabei ertappt.

»Ja ja, so läuft es immer, erst machen sie Punkte aufs Papier, dann malen sie Kreise neben Kreise und schließlich Quadrate und Rechtecke, bis das Blatt vor ihnen ganz bedeckt ist.«

Andere können Buchstaben schreiben und sogar Worte daraus bilden, die sie hintereinander und untereinander anordnen. Gedichte mögen sie sie nennen.

Und Noten für Töne und Klänge, die zu Liedern werden - oder auch nicht - notieren sie.

Doch was auch immer sie tun mögen, am Ende schreien sie auf und stürzen sich auf dich, wenn du ihr grandioses künstlerisches, literarisches, musikalisches Werk nicht bewunderst.

Die Ilsebill, die will

Will Ilsebill?

Ja, die Ilsebill will. Doch *was* will Ilsebill?

Die Ilsebill, die will immer mehr und öfter, ist unersättlich.

Doch geht es hier überhaupt um Sex? Oder ums kaufen, essen, fressen und saufen?

Die Ilsebill, wenn die nicht will, wie ich es gerne hätte, ja dann …

Nichts ändert sich. Sie tut noch immer und immer öfter, was sie will. Schreit wie am Spieß und stampft wie ein kleines Kind, das seinen Willen unbedingt durchsetzen will, mit den Füßen auf, dass der Boden erzittert.

»Von dem Fischer und syner Fru«. Ja, die ist sie auch, war sie, könnte sie sein. In diesem Märchen will sie, dass ihr der Butt immer größere Wünsche erfüllt bis hin zu Schloss und Papst. Bei GOTT hört der Spaß dann aber auf, und zurück gehts in die Fischerhütte. Ja, wer zu gierig ist, den …

Was also will die Ilsebill von wem, jetzt, wo sie keiner sprechen, weinen und schreien hört, jetzt, wo sie ganz allein in ihrem Zimmer hockt, alt und grau geworden und dem Tode so nah.

IP – die irre Putze

Das ist die Frau, die wie wild putzt und auf dem Boden rumkrabbelt, um alle Ecken sauber zu kriegen bei der Arbeit, mit der Zahnbürste bewaffnet, versteht sich. Das alles aber ereignet sich im Rathaus.

Okay, sie ist nicht die einzige, die dort arbeitet, doch die, die sich so abmüht und am Ende dafür noch einen auf den Deckel bekommt.

Sie ist die, die zuhause alles kontrolliert, besonders ob der Wasserhahn tropft, der Herd auch wirklich ausgestellt ist - Kontrollzwang. Sie ist es, die einen Kratzer am Finger hat, der nicht blutet, und schon von Infektion, Blutvergiftung und Tod redet - eine Schisserin.

Im Internet aber passt sie weniger auf, liest selten ihre Mails ... Und das war ein Fehler, denn ... Doch was da stand, das weiß ich nicht..

Irre, Wirre, Wurzelkraut

Diese Worte fielen dem kleinen Dichter irgendwann einmal einfach so ein. Er schrieb sie auf. Erst später überlegte er, was sie bedeuten könnten.

Irr sind so einige von uns, mehr oder weniger, okay, einige wenige. Wir anderen sind öfter mal ganz wirr im Kopf.

Doch Wurzelkraut, gibt es das? Alle Pflanzen, also auch Kräuter besitzen doch Wurzeln, mit denen sie das Wasser aus dem Boden ziehen. Das ist klar. Ach so, ja, Luftwurzeln gibt es ja auch. Doch was das Wurzelkraut betrifft, was lesen wir darüber im Internet? Es ist ein sehr häufig vorkommendes, für seine Heilkräfte bekanntes Kraut, dass du roh essen kannst, und schon ... Ich weiß es nicht, habe es nie probiert.

IUD - Die Irre unter der Dusche

Endlich mal wieder duschen!, denke ich empört und schreie es auch schon aus mich heraus: »Ich will unter die Dusche!« Also stelle ich den Wecker am Handy auf 4 Uhr in der Frühe und gehe schlafen.

Die bekannte Melodie ertönt. Schlaftrunken stehe ich auf und taumle zum Klo, ziehe meine Unterho-, sorry!, meinen Herrenslip aus, ganz ohne Durchgriff, wie Frau es liebt, damit er sich aufs Klo setzt und nicht etwa im Stehen pinkelt. Doch wozu gibt es dann die Pissoirs, die Mann benutzt, wenn er mal pinkeln muss?, frage ich mich. Das geht schnell, längst geschafft, während die Frauen Schlange vor den Toiletten im Theater stehen.

Und das wird ein Grund dafür sein, dass ich noch immer nicht Frau geworden bin. Stichwort Geschlechtsumwandlung.

Ich ziehe den Duschvorhang zur Seite und – da steht sie nackt vor mir und grinst mich irre an. Und dann ...

J

Jadekönig opfert Jahwe

Wer ist er? Und wen opfert er für wen?

Seinen Sohn?

Nein! Auch keine seiner Töchter.

Doch seine Frau, die er über alles liebt, bietet er GOTT an.

ER SIE ES aber antwortet nicht.

Und wo und wann geschah, geschieht es, wird es geschehen?

Und überhaupt: Was ist ein Jadekönig?

Eine wertvolle Briefmarke jedenfalls nicht, welcher die Drei ??? auf der Spur sind. Er mag ein Mensch sein, vielleicht auch ein kleiner Gott, wer weiß! Sicher ist nur, das Opfer wird nicht angenommen, die Opferung nicht ausgeführt, und so bleiben alle Menschen am Leben. Alles ist gut.

Jägernacht - Juwelentag

Tag und Nacht oder Nacht und Tag, wie die Nachtwesen sagen, das ist die eine Sache, diese Begriffe kennen wir. Unsere Jäger jagen im Morgengrauen, wenn das Wild auf die Wiesen zum Äsen geht. Doch die Nacht der Jäger mag die sein, in der die Volle Mondin gigantisch groß so nah dir scheint. Was aber folgt, ist ein Segen für die Seelen aller Tagwesen, es ist der Morgen, an dem hell der Sonn erstrahlt und leuchtend und wie Juwelen glitzernd wird der Tag. Immer ist es so gewesen und wird es für immer sein, denken wir hier in dieser Welt. In Anderswelt jedoch ...

Jasager, Neinsagerin und Dochsager

Alle drei und viele andere mehr haben sich jetzt hier versammelt, an diesem einen Ort zu dieser Zeit, nur jetzt und hier.

Die einen sagen »Ja!«, die anderen »Nein!«, wozu auch immer. Mit »Doch« beharren die ersten auf ihren Argumenten.

Worum es aber geht, das wissen sie nicht, das weißt nur du.

Und jetzt beginnst du ihre Welt zu schreiben.

Jede küsst nicht jeden

Jede küsst nicht jeden. Und jeder jede? Jedes wen?

Wer hätte das gedacht, das ist doch klar, das wissen wir alle. Klingt aber gut. Auch mag es diesen Titel mag schon geben - Satz mit »x«, das macht nix. Hier steht er nun, und es liegt an dir, ob oder wie du ihn veränderst.

Jemand und niemand im Nirgendwo

Jemand, das bin ich oder du oder sonstirgendwer.

Niemand ist keiner von uns und allen anderen auch.

Wo aber ist das »Nirgendwo«, gibt es das irgendwo und überhaupt, wieso? Und die entscheidende Frage für den Autor lautet: Was geschieht dort mit ihm oder ihr, wo immer es sein mag?

Jod, Jogurt, Joga

Sind doch die beiden, das eine zugesetzt im Salz, der andere pur oder aber fruchtig, ein gar seltsam Paar.

Ob sie sich wohl liebten, kämen sie einmal zusammen, was wohl sehr selten geschieht. Ob sie dann Joga miteinander machten oder doch jeder für sich, nur einer gar, der andere nicht?

Doch was soll das alles bedeuten? Ich weiß es nicht. Und du? Dir fällt sicherlich so einiges dazu ein.

Jodidiot

Was Jod ist, ist dir klar. Und Idioten und Idiotinnen gibt es genügend auf unserer Welt. 1Doch ein Jodidiot, was mag das sein?

Keine Ahnung, klingt aber gut und fiel mir einfach mal so ein.

Jubeljob und Jazzgejucke

Da ist also eine(r) angestellt zum Jubeln oder aber um die anderen in Stimmung zu bringen. Ja, das soll es ja geben, »CheerleaderIn« fällt mir hier ein.

Was Jazz ist, wissen wir so ungefähr: Musik mit Saxophon und anderem mehr, mal melodisch, mal grausig - zumindest für den, der lauscht.

Dich juckts und mich, weshalb und wann auch immer. Da heißt es sich kratzen mit Fingern oder Tatzen.

Doch Jazzgejucke, was mag das sein? Da fiel doch dem Rainar ein seltener Blödsinn ein. Oder doch oder ja oder nein?

Judeldidum rundherum

Judeldidum, Judeldidei, was ist schon dabei! Froh und heiter tanzen wir lachend um ..., ja, um was herum? Und wir singen alle: »Judeldidum, judeldidei, was ist schon dabei!« Heißa! und Hi!

Nein, kleine Hexen sind wir nicht, nein, heute ist nicht Walpurgisnacht, wer hätte das gedacht! Judeldidei, judeldidum rundherum.

Das Jugend-Johl-Jahr

Johlt Jugend ein ganzes Jahr?

Kaum zu glauben. Doch wenn ja, worüber wohl?, fragt man sich. So lange hält das niemand aus, selbst die Jungen nicht. O.k., Pausen sind erlaubt, vielleicht jeden Tag nur einige Stunden, denn trinken, essen, schlafen, lernen, arbeiten oder nichts tun müssen sein.

Oder aber es ist nur ein bestimmtes Jahr gemeint, in dem alle unter 18 Jahren johlen dürfen - wo auch immer sie wollen ohne Anschiss oder Strafe.

Und was heißt johlen überhaupt? Eins ist sicher, ums jodeln gehts hier nicht. Doch schauen wir im Duden nach. Dort lesen wir von durch Straßen ziehenden johlenden Horden und von Beifall und Pfuirufen - Buh! beim Fußballspiel im Stadion und dass das alte »jolen« vor Freude laut singen, »jo!« schreien ist. Wie auch immer, Mensch ist das ein Gegröle, hier und jetzt, und das das ganze Jahr.

Jugendjoker war einmal

Heute nicht mehr, einst aber sicher, denn jetzt bist du alt geworden, so plötzlich, wie schnell doch die Zeit vergeht! Langsam um Atem ringend gehst du nur noch kurze Wege. Junge Menschen überholen dich, und du denkst zurück an deine Studienjahre, da bist du noch mit deinen langen Beinen und großen Schritten in die Stadt und Steigungen hoch geeilt. Ja, das war einmal und kommt für dich nie wieder, diesen Joker Jugend hast du nicht.

So geht es mir - und dir, wenn du denn nicht mehr der Jüngste bist und / oder nicht mehr so gesund wie einst einmal.

Junijux im Januar

Klingt gut, etwas Wärme in der Kälte kann ja nicht schaden.

Die entscheidende Frage aber lautet: Was geschieht im Januar, wer tut was aus lauter Jux und Tollerei, wer ist so übermütig? Du oder ich, wir alle oder doch nur die?

Die Frage, die sich mir und dir stellt, lautet: Was für ein Jux wird es sein, war es, ist es?

Die Antwort kennst nur du, denn ein winzig kleiner Gott bist du, denn die Menschen und alle anderen Wesen, die du erfindest, müssen tun, was du über sie schreibst.

K

Die Kamelbibliothek

Die gibt es wirklich, gab es zumindest, eine mobile Bücherei auf Kamelrücken in Kenia im Jahre 2012. Das Wissen der Welt auf dem Rücken der Kamele – lesen lernen, Geschichten, nicht nur für Jungs, sehr revolutionär! - auch für Mädchen.

Das Kängurudu

Nein, kein Didgeridoo, gejagt wird hier nicht. Auch sind wir gar nicht in Australien. Was aber passiert, ist das: Dort oben hüpft ein Känguru, es sieht genauso aus wie du, das Kängurudu.

Karneval im Mückenhain

Ein kleiner lichter Wald, Dorngesträuch, sonnig, heilig - es ist ein Hain. Mücken sind hier zuhause, also hat sich irgendwo Wasser angesammelt, denn das brauchen Eier, Larven und Puppen. Doch dass diese Karneval feiern, ist sehr zu bezweifeln. Also tanzen lachend hier Menschen, sollte man denken.

Doch bei Nacht an diesem Ort, den noch nie ein Mensch betreten hat, haben sich magische Fabelwesen versammelt und feiern ihr Fest, dass keinen Menschennamen hat, also kann ich ihn hier dir auch nicht mitteilen.

Das Karostreifenhörnchen

Alles begann damit, dass meine Freundin auf meine karierte Schlafanzughose deutete und ihr dazu ein besonderes Wort einfiel, das da lautet: Karostreifenhörnchen.

Nun, wo mag diese Tierart nur leben, fragte ich mich. Da fielen mir die abgeschalteten Gene ein, von denen in einer wissenschaftlichen Sendung im TV gesprochen wurde. Aha, dachte ich also: Bei den bekannten Streifenhörnchen ist das Karogen abgeschaltet. Jetzt jedoch hier an diesem Ort zu dieser Zeit steht der Schalter auf *on*. Und schon werden nur noch karierte Streifenhörnchen geboren - Karostreifenhörnchen!

Käse küsst Zwiebel, Zwiebel küsst Käse

Nein, um Handkäs mit Musik (die Fürze von den rohen Zwiebelstücken) geht es hier nicht, ein Käse und eine Zwiebel küssen sich. So beginnt es. Dann aber gehts richtig zur Sache - Sex pur, was sonst! Schließlich wollen sich beide vermehren und das ist neu, nicht jede(r) für sich, ginge so direkt ja auch gar nicht, nein!, sie wollen gemeinsame Kinder haben.

Und jetzt, wo es dunkel ist im Haus, Nacht, und die Menschen schlafen und träumen, nicht wach sind, nicht wachen, jetzt ist die Zeit der Liebe für die beiden gekommen. Liegengelassen auf dem Küchentisch treiben sie's wild miteinander. Und nur ich von hier oben, außerhalb ihrer Welt, kann ihnen dabei zusehen.

Und Mensch fragt sich: Wie werden wohl die Kleinen aussehen?

Werden es Käse-Zwiebel oder Zwiebel-Käse-Kinder?

Erben sie also mehr von ihm oder von ihr?

Kasperle und die Gartenmaus

Kasperle, Kasperl, Kasperli und Kasper, wie auch immer du ihn nennst, den kennen wir Alten noch aus unserer Kindheit. Nicht mehr als eine Handpuppe und doch der lachende Held mit großer Nase im Puppentheater. Von Kaspar hat er seinen Namen, einem der drei Könige im katholischen Glauben, der gar kein Mohr war, wie es einst einmal hieß, die zusammen an der Wiege des Jesuskindes mit ihren Geschenken standen.

Und wenn Kasperle in der Nacht zum Leben erwacht, ja, dann wenn du gerade schläfst ... Na, wir sind doch hier in keinem Horrorfilm. Dein kleiner Sohn, deine Tochter bleiben unversehrt, sogar dir und ihr tut er nichts - und das will schon was heißen. Warum wohl? Weil er zu den Guten gehört und gegen Krokodil und Hexe kämpft.

Eine Gartenmaus, gibt es die in der Biologie? Mag sein oder auch nicht. Dort huscht sie am Abend im Garten herum, sucht unten auf der Erde nach Essbarem, rennt die senkrechte Wand vom Schuppen empor und nagt sich im Haus durch Pressspanplatten. Könnte eine Waldmaus sein, die du »Gartenmaus« nennst, weil du sie dort zum ersten Mal gesehen hast. Oder aber es schaut sich dort deine Hausmaus um.

Schön, jetzt wissen wir ein wenig mehr von den beiden. Was sie aber miteinander erleben, das entscheidest allein du.

Das Kicherklavier

Kicherklavier, das hört sich an wie ein Schifferklavier, ein Akkordeon mit Klaviertasten, ist aber keins.

Was kichern ist, das wissen wir. Wir tun es leise, auch ganz allein am Schreibtisch. Nicht immer, aber immer öfter, singt die Werbung dir ins Ohr. Wer von uns könnte es schon beschreiben, gut also, dass es den Duden gibt. Und dort lesen wir, was kichern bedeutet: leise, gedämpft, unterdrückt und mit hoher Stimme vor sich hin lachen. Aha, jetzt wissen wir Bescheid, was es ist, das wir umbewusst tun. Andernorts und überhaupt wird gegiggelt, gegackelt und gegickelt, nichts weiter als andere Namen für das Eine.

Das Klavier, ein Tasteninstrument, ja, das ist vielen von uns bekannt, und auch der Flügel, um einiges größer, weit ausholend, allesamt Keyboards, also Schlüsselbretter, bei ihm konnte man einst einmal den Deckel über der Tastatur absperren. Heute sind Synthesizer in, die können noch viel, viel mehr, umso weniger müssen die Musiker tun. Dann gibt es noch die kleinen: Knopfakkordeon, Pianoakkordeon, die diatonische Handharmonika und die, die dem Klavier vorausgingen: Cembalo und Orgel. (Da hat der Schreiberling wohl so einiges nachgelesen, Freundchen, das merkt doch jeder, das muss einmal gesagt werden. Selbstkritik muss sein).

Doch kommen wir zur Handlung. Da kichert sich also ein Klavier was weg, heimlich in der Nacht, wenn seine Menschen schlafen, überdenkt es den Tag und lacht still vor sich hin, amüsiert sich über deren Geklimpere. So ist es meist.

Bisweilen aber schweigt es still, und das nicht nur am Tag, sondern auch in der Nacht, wenn die Melodien nachklingen, und nicht nur seine, auch andere, die niemals ein Mensch mit ihm erzeugte. Da ist nur noch Staunen und Ergriffenheit, Lauschen und Fühlen und Weinen bei all den Klängen ringsherum.

Kitzler und Kitzlerin

Der Kitzler kitzelt den Kitzler der Kitzlerin.

Soeben im Nacken vom Freund berührt und mit ihm zusammen gelacht, stöhnt sie jetzt auf - denkt er, doch da tut sich nichts - weder bei ihr noch bei ihm. Also kitzeln sich beide jetzt an anderen Körperstellen. So soll es sein, so geschieht es eigentlich immer.

Klingelmanns Fischgemüde

Ein Druckfehler? Muss es nicht »Gemüse« heißen? Mag sein, ich müsste es wissen und weiß es doch nicht. Um Fische geht es wohl und einen Mann, der müde an der Haustür klingelt?

Klingelputz

Du putzt die Klingel dort draußen, denn ach du kraus, wie sieht die nur aus! Oder aber: Es klingelt, und du bist gerade am Putzen.

Nun, so einfach kann es nicht sein, sonst stünde es nicht in diesem Buch. Also heißt einer mit Namen Klingelputz, der niemals seine Klingel putzt, was auch gar nicht ginge, denn er wohnt in keinem Haus, lebt auf der Straße und freut sich, dass es hier an den Häusern so viele Klingeln gibt. Mit Freude drückt der alte Mann mal hier mal da, mal kurz mal lang, immer wieder gerne drauf. Dann rennt er davon so schnell er kann und fühlt sich wieder jung an Jahren, denn auch damals hat es ihm Spaß gemacht.

Klo- und Nasenbrille

Eine seltsame Beziehung. Fiel sie ihm von der Nase, durch sie hindurch und landete wo? Natürlich im Klo.

Wie auch immer, ihre Kinder heißen Brillenklonasen oder doch ein wenig anders?

Klohocker und Duschliesel

Es war einmal ..., so fangen nicht alle, doch viele Märchen an. Es war einmal ein Klohocker, ein Mann, der saß den halben Tag lang auf dem Klo und drückte so vor sich hin - und sich vor der Arbeit.

Sie aber duschte von früh bis spät, einmal, ein zweites Mal und immer wieder und wieder. Sie hieß nicht Liesel, ich aber nenne sie so.

Ob sie sich irgendwann begegnen, frage ich mich.

Stimmt, sie sind im selben Bad, doch durch einen Duschvorhang voneinander getrennt. Kommt sie nicht raus, steht er nicht auf, so treffen sie sich nie. Andererseits, auch sie muss mal aufs Klo, und Hunger und Durst haben sie auch, also könnten sie sich in der Küche begegnen oder schon auf dem Weg dahin, wenn er als erster das Bad verlässt. Und essen müssen sie beide, sonst ist's bald aus mit ihnen.

Und so geschieht es ja, denke ich. Denn alles, was einen Anfang hat, hat auch ein Ende.

Doch jetzt liegt es an dir zu schreiben, wie es dazu kam, wie ihr Leben bis dahin verlief und - ob sie sich kennenlernen.

Knäckepickel

Knäckebrot, trocken und knusprig, solange es eingepackt ist, auch nach dem Öffnen, wenn die Luft nicht zu feucht ist, ja, dann knackt es zwischen deinen Zähnen jetzt hier bei dir und nicht nur in Schweden.

Pickel im Gesicht. Pubertät fällt mir bei diesem Wort als erstes ein, Hormone tanzen wild durcheinander. »Drück den Pickel nicht aus!«, raten Mama und Papa. Du tust es trotzdem, das ist klar.

Dann ist da noch der andere Pickel, die Spitzhacke, auch Krampen genannt. Wir wissen alle, wie er aussieht. Und mancheine(r) von uns weiß, dass er nicht nur zum Aufhacken von Erde, Eis und Stein dient. In Horrorfilmen, doch auch im echten Leben durchbohrt der Pickel deinen Körper, steckt fest, während du fällst, zerhackt dein Fleisch. Wessen Hände ihn schwingen, das ist hier die Frage, die nur du beantworten kannst, was deinen Roman betrifft. Denn du bist die Autorin, der Autor, du hast die Macht. Wer aber hat die Macht über dich und sich seine Welt mit dir und mir geschaffen? Ich weiß es nicht.

Somit wäre alles klar, was diesen Pickel betrifft. Doch ein Pickel aus Knäckebrot geformt, Herr / Frau Knäckepickel oder die Knäckebrotscheibe, die den Pickel in deinem Gesicht erzeugt, das ist doch alles sehr seltsam und mysteriös, oder nicht? Andererseits, in einer Welt, in der Bananen ermordet werden (ich habe es in einer Aufführung mit eigenen Augen gesehen, und Augen hatte sie auch, ach ja, es war nicht sie, sondern ein Er die Leiche), da mag alles möglich sein.

Knutsche Küssleins Liebesleben

Küssen, miteinander knutschen, sich lieben, was diese Wort bedeuten, wissen wir, wenn es auch nicht alle von uns erlebt haben. Hier jedoch geht es um einen Mann mit dem Vornamen Knutsche, dem Nachnamen Küsslein und sein Liebesleben. Wie mag das nur aussehen? Wem wird er wohl begegnen, einer Frau, mir oder dir? Und es stellt sich auch die Frage: Ist er überhaupt ein Mensch? Du weißt es, ich nicht.

Die Kofferfrau

Tablet, Textmarker grün und gelb und Handy, versteht sich, in der S2, einem Wagen der deutschen Bahn auf dem Weg von Mannheim nach Kaiserslautern, so sitzt er da ganz konzentriert und schreibt.

Nein, ich bin es nicht, da irrst du dich. Ich schaue ihr (war es nicht eben noch ein Er) einfach nur zu, einer Frau mit einem Koffer.

Kopfspalter und Kastratin

Da schlägt er zu mit seiner Axt, und der Kopf des anderen hat sich geteilt. Also wird er »Kopfspalter« genannt. Und auch meine Waffe hier in meiner rechten Hand trägt diesen Namen. Und hätte er sie, so wären beide vereint, Kopfspalter hält seinen Kopfspalter in der Hand, schlägt zu.

Doch was ist mit der Kastratenfrau. Kastriert ist sie nicht und auch nicht beschnitten, alles funktioniert wunderbar, sie kann empfangen und hat es schon getan, ihr Kind ausgetragen, auch wenn es von einem Anderen ist, der sie vergewaltigt hat. Also hasst sie alle Männer, bezirzt sie, geht mit ihnen ins Bett - oder auch nicht, falls sie ihnen zuvor schon Schwanz und Eier mit einem immer scharfen Messer abgetrennt hat. Lachend läuft sie davon und lässt sie blutend und schreiend zurück.

Somit ist jetzt alles klar: Zwei Menschen, einen Mann und eine Frau, habe ich dir kurz vorgestellt. Nun aber stellt sich die entscheidende Frage: Was wird geschehen, wenn sich beide begegnen?

Schlägt er zu, wenn er sie trifft, dann ist es aus mit ihr, und das geht schnell. Oder aber er fällt über sie her und liegt erschöpft dann neben ihr im Heu, auf Stroh oder sonst irgendwo, schläft ein, und sie schneidet ihm alles dort unten, sein Gehänge blitzschnell ab? Könnte auch sein, dass sich beide als verwandt erkennen und nun zusammen auf Beutejagd gehen. Wer kann das schon wissen, denn *noch* sind sie sich nicht begegnet.

Die Kopfwaage

Siehe da, der ist groß und schwer, »Wasserkopf«, so nenn ich ihn. Und ist er doch nicht, denke ich sogleich, lache frech und sage es dir nicht.

Und was habe ich, frage ich mich. »Und was hast du?«, fragst du mich.

Ihr Kopf ist schwer, wenn er sich an mein Brust schmiegt.

Ich schaue nach im Internet. Und was lese ich? »Hydrocephalus« nennen ihn die Mediziner, zuviel Lymphe in erweiterten Ventrikeln, die fließt einfach nicht ab, drückt aufs Gehirn. Jetzt weiß ich, was es ist: Dein Kopf ist größer, also auch schwerer als meiner, so einfach ist das.

Gerne würde ich ihn wiegen, ihn zuerst und dann auch meinen. Ihrer wird gewinnen, denke ich. Dann fällt mir ein: Könnte schwierig werden, ohne Körper so ganz allein würde besser sein. Aber nein, wir ermorden uns nicht und wiegen dann, der eine könnt es, der andere nicht. Das ist kein Horrorfilm. Wir wollen leben!

Krantreffen

Treffen sich zwei, nein drei Kräne auf einer Menschenbaustelle.

Das ist ja eine richtige Kranversammlung, denke ich und werde doch nie erfahren, was sie sich zu erzählen haben.

Kratzenkatzentatzen

Katzen haben Tatzen, mit denen sie nicht nur an Bäumen kratzen. Ehe du dich versiehst spürst du schon ihre Krallen in deiner Haut. So ist es, das wissen wir (fast) alle. Doch dieser Satz, dieser Reim, der dringt in uns ein und setzt Gedanken frei, die fliegen davon, die kehren zurück, die sind überall.

Du schreibst sie auf - als Gedicht, Lied oder machst die Worte zum Titel deines neuesten Romans.

Kreischmaus, Dickfrau und Kratzkatze

Das sind mir doch drei: eine kreischende Maus (nein, diese hier piepst nicht, sie brüllt aus vollem Hals), eine dicke Frau (die soll es unter uns Menschen tatsächlich geben) und eine Katze, die gerne andere kratzt.

Denen bist du noch nicht begegnet. Ich übrigens auch nicht, ihre Namen fielen mir einfach ein.

Krokodilmenschen

Die gibt es tatsächlich in Papua Neuguinea: Sie spielen nach das göttliche Krokodil, ritzen den Jugendlichen die Haut so ein, dass die typischen Wölbungen entstehen. Sie sind Menschen wie du und ich (bin ich gar nicht).

Doch die, um die es in deiner Geschichte geht, leben gar nicht auf der Erde und kommen auch nicht daher. Also sind sie keine Menschen, und ob es in ihrer Welt Krokodile gibt, das ist doch sehr zweifelhaft.

Krumpeline und Krummellinchen

Mutter und Tochter und niemand sonst. Sie beide zusammen, der Vater / Mann so fern, im Gestern verschollen, das steht unter keinem guten Stern. Die Kleine, die immer hungrig ist, kennt ihn nicht, doch gab er ihr ein »m« anstelle vom »p« mit auf den Lebensweg, also heißt sie nicht »Krumpellinchen«.

Kussomat und Nieseliese

Automatisch küsst der Kussomat. Nein, das ist kein Mensch, sondern eine Maschine. Ist doch klar, was sonst!

Und sie muss ständig niesen, die Nase läuft ihr in einer Tour. »Hatschi!« Gesundheit wünsche ich ihr reflexmäßig, also automatisch, wie es mir beigebracht wurde. Und doch ...

L

Der Lachbrüllaffe

Brüllaffen gibts. Sie sitzen oben auf den Ästen im mittel- und südamerikanischen Regenwald, die Männer oben, und brüllen tiefe Töne, die über mehrere Kilometer weit hallen, so kommunizieren die Gruppen untereinander und stecken ihre Reviere ab.

Doch lachen Brüllaffen?

Wohl nicht, oder etwa doch tonlos in sich hinein? Wir wissen es nicht. Dem Namen nach gibt es Lachbrüllaffen nicht.

Was aber meine ich, wenn ich dich »Du blöder Lachbrüllaffe!« nenne. Ich brülle es dir entgegen.

Du lachst.

Und der Affe hinter deinem / meinem Rücken wundert sich doch sehr, was diese Affenmenschen so für Laute von sich geben.

Der Lächellacher

Lauthals lachen, das ist das eine, und gesund ist es zudem.

Das Lächeln in deinem Gesicht höre ich nicht. Doch ich liebe es, ist einfach nur schön.

Lächellacher und Lächellacherin lachen lächelnd und lächeln lachend. So geschieht es, so ist es, was sonst.

Lautrer Zungenküssler

Lautrer ist die Kurzform für Kaiserslauterer, also einen Bürger dieser kleinen, großen Stadt.

Ein Zungenkuss - nun, der macht uns beide an.

Doch wir wissen: Der Lautrer Zungenküssler ist eine sehr gefährdete Art. Wen wundert‘s, wo er doch nur in dieser einen Stadt lebt, falls er noch nicht ausgestorben ist. Elwetritsche wurden auch schon lange nicht mehr gesichtet. Ob es auch sie noch gibt, ist fraglich. Oder hat es sie etwa niemals gegeben? Und überhaupt, was geschieht, wenn sich beide begegnen, was geschah, wenn es denn so war?

Leichennägel wachsen nicht

Es ist die Haut, das Fleisch, das zieht sich zurück. Mancheiner kennt das von seinen Zähnen.

Aufgedunsen von den Gasen der Zersetzung, Blut am Mund, Verwesungsflüssigkeit ist aus der Nase gelaufen , so liegt die Leiche da - hier mitten unter uns. Gottlob riechen wir nichts, also ist auch kein Kotzen angesagt.

Jetzt aber geschieht es: Eine Fliegenmadenprozession, Gold-Schmeißfliege, es sind deine Kinder, die aus den Eiern schlüpften und fressen, sich häuten, gedeihen, macht sich von der Menschenleiche Oma in die Nachbarwohnung auf, noch immer hungrig und um sich dort zu verpuppen?

Nein, normal ist das nicht.

Liebeslaubenleuchten

Im Licht der Vollen Mondin unter dem Sternenhimmel leuchten die Liebenden gleich Glühwürmchen auf und fliegen aus ihrer Liebeslaube hinaus in die Weite der Nacht ihrer Welt, die nicht die unsere ist.

Lieger und Sitzer

Die stehen nicht, niemals nie! Das hielten ihre Beine gar nicht aus, denn ihr Gewicht, oje, zeigt keine Waage mehr an.

Die Dicksten unter ihnen können nur noch liegen, doch die etwas Leichteren richten sich auf und sitzen worauf? Nun ja, auf Stuhl oder Couch, die halten sie aus.

Lüge und Unlüge

Früher lernte ich, dass ein Mensch entweder lügt oder die Wahrheit spricht. Heutzutage aber scheint die Lüge ausgestorben, denn es heißt: Er hat die Unwahrheit gesagt. So könnte man doch vielleicht passender von Lüge sowie Unlüge statt Wahrheit sprechen.

Lüger

Nicht »Lügner« sondern »Lüger«. Das war einst das Wort, das mein Bruder mir an den Kopf warf. Oder war es unsere Schwester, die einen von uns beiden - wen? - damit meinte?

Ich weiß es nicht mehr. Doch eins ist klar, gemeint war ein Junge, einer von uns. Denn *sie* hätten wir Lügerin genannt, andererseits damals waren die weiblichen Versionen von Wörtern noch nicht in Gebrauch, also hätten einer von uns auch sie »Lüger« nennen können. Doch wie auch immer, dieses Wort wurde ausgesprochen, es geschah es, es war, existiert noch immer und wird niemals verschwinden. Es kann nicht ungeschehen gemacht werden, auch wenn wir Menschen es vergessen.

Du aber ..., dir fällt bei diesem Titel bestimmt etwas ganz anderes ein, wenn du denn den Titel für dein erstes / neues Buch verwendest.

M

Der Mann ohne linken Arm

»Was ist geschehen? Wohin ist er gekommen?«, fragst du dich und ihn.

»Zu Asche verbrannt«, antwortet er, »hab ihn immer dabei in meiner Mini-Urne«, die er jetzt mit seiner rechten Hand (womit sonst!) aus der Tasche zieht.

Mantrailer und Sehaffe

Speziell ausgebildete Hunde suchen und finden Vermisste anhand der Geruchsspuren, die sie hinterlassen. »Mantrailing« nennt sich das.

Menschen-Männer wählen Hunde mit ihren Augen aus, denn Affen sehen wirklich gut und in Farbe.

Also handelt die Geschichte von einem Hund und einem Menschen, wenn es denn kein anderer Affe ist, um den es hier geht.

Du weißt es, du schreibst es.

Das Menschenfresserspinnenspiel

Ein Spinnenfan erfindet ein Spiel, das genau umgekehrt wie üblich geht: Da werden nicht etwa Aliens und Monster abgeballert, nein, hier muss die intelligente Spinne möglichst viele Menschen beißen, gefressen werden sie später. Und hat sie alle erlegt, so kommt sie weiter, eine Stufe nach oben. Dort sind noch mehr Menschen zu erlegen, außerdem verstecken sie sich jetzt hinter allen möglichen Gegenständen und in Kellern, was ein großer Fehler ist. Dort machen sich die Spinnensinne nützlich, über die wir nicht verfügen: Vibrationen und Luftschwingungen und im Dunkeln mit den langen Beinen tasten. Doch es lässt sich auch »optisches Jagen« einstellen. Hübsch anzusehende Springspinnen schleichen sich an und springen auf ihre Menschenbeute. Meist jagen sie alleine, aber auch in Gruppen. Ach ja, auch auf Beute in Netzen lauernde Spinnen kann der Spieler im Menü wählen, hätte ich fast vergessen zu erwähnen.

Diese drei Wahlmöglichkeiten gibt es also. Doch hier oben in unserer Realität rings um uns herum kommen alle erwähnten Jagdweisen zugleich vor, was uns nicht weiter stören muss, denn sie sind klein und wir sind groß. Doch zurück zum Spiel: Bei dieser Einstellung haben die Menschenspielfiguren noch geringere Chancen zu überleben. Der Spieler, eher die drei Spieler haben es jetzt am schwersten, denn sie müssen ihre Handlungen aufeinander abstimmen, töten etwa zwei dieselbe Spinne zur gleichen Zeit, ist das Spiel aus.

So funktioniert das neue Spiel, ein von Menschen gespieltes Menschenmassaker. Nun aber stellen wir uns vor, dass es ein Spinnenwesen ist, dass da oben an seiner Steuerkonsole sitzt und sich halb totlacht, über diese bekloppten Affen, die so leicht zu fangen sind.

Kann auch sein, dass es sich gar nicht um Spielfiguren handelt, sondern um uns reale Menschen hier auf »unserer« Erde geht, die von den kleinen Spinnengöttern, Spinnengott oder Spinnengöttin, erbeutet werden, die uns Krankheiten und in Kriege schicken und sich darüber köstlich amüsieren. Also sind wir, du und ich, wir Menschen Figuren im Menschenfresserspinnenspiel.

Mizi - Mieze

Ja, wir wissen, was es bedeutet, für uns beide ist alles klar, siehst du, und deshalb lachen wir jetzt. Denn »Mi« steht für Michael und »zi«, so beginnt sein Nachname. Er ist ein alter Mann, als Mizi wäre er jung und klein. Doch könnte es auch ein Kosename sein, die sie ihm gibt. Doch ist es so?

Nein bei ihm!, bei anderen ja?

Mieze, ja, das Wort kennen wir (fast) alle. Das ist der Name für eine Katze, die Abkürzung für Miezekatze, doch nicht nur das, sondern umgangssprachlich auch für eine Frau.

Schau! Da sitzt die Mieze auf der Mieze, und beide träumen, die eine von Mäusen und anderen Katzen, die andere von Männern zum Vernaschen.

MMM - Mamis Miezen Mann

MMM ist eine Abkürzung, das ist klar. Doch steht sie tatsächlich für »Mammis Miezen Mann, wie es der Titel behauptet? Könnte sich auch um Mamis Melk Maschine oder Muttis Menschen Marmelade handeln. Vieles wäre möglich. Du wirst es wissen, wenn du dich für MMM entscheidest.

Mümmelmann und ElsterElse

Mümmelmann, so wird der Hase auch genannt, ach herrje!, hoffentlich werde ich nicht gelyncht, nicht nur er, sondern auch die Häsin ist gemeint.

Langohr und Meister Lampe sind andere Namen für den Hasen, wie jeder im Duden nachlesen kann.

Die Elster ist ein heimischer Rabenvogel, das ist klar.

Und Else, so nannten wir eine Nachbarin, die empört über den Zaun schaute, weil wir den Garten wild wuchern ließen, was auch der Hausbesitzerin gar nicht gefiel, wie meine Freundin und ich bei ihrem Auszug spüren mussten. In praller Sommersonne rissen und gruben wir Wurzeln von Brennnesseln aus und sägten die Äste, den Stamm des Holunderstrauchs ab, um Platz zu schaffen für einen pflanzenlosen mit Kieselsteinen ausgefüllten Schottergarten. Leicht zu pflegen, dachte der Sohn der Besitzerin, nicht aber an die fehlende Sauerstoffproduktion und Kohlendioxidaufnahme. Doch ich schweife ab.

Hier jedoch in dieser Geschichte ist Mümmelmann wohl ein Mensch und ElsterElse eine Menschin, oder wie auch immer Frau heute ihre Art nennen mag. Tja, und was werden sie wohl miteinander erleben, das ist hier die Frage. Ich weiß es nicht. Dir aber fällt bestimmt eine tolle Geschichte mit diesen beiden ein.

N

Nachtpupser in der Pupsernacht

Das versteht sich von selbst. Beide schlafen, er pupst, und sie pupst auch. Ach, welch warme Pupsernacht!

Und keiner von ihnen erwacht bei all dem Krach, vom Geruch einmal ganz zu schweigen.

Nachttischlampe und Wecker

Welch schlimmes Paar!« Der Wecker fällt über sie her, nachts, wenn Frauchen schläft und schnarcht.

Nein, die Nachttischlampe schaut ihr nicht zu, denn sie ist ausgeschaltet, und dunkel ist's im Raum. Und doch ist sie es, die er lautlos klingelnd immer wieder begattet.

So geschah es. Und eines Nachts werden sie geboren?

Nein, sie leuchtet nicht vor Schmerzen auf.

Viele kleine Wecklampis und Lampweckis - was sonst!

Nacktaktiv

Nachtaktive Tiere gibts, das wissen wir alle. Nachtfalter und Motten, Mäuse, Ratten und Fledermäuse und auch Spinnen fallen uns sogleich ein. Schichtarbeiter, Schriftsteller, Künstler und andere arbeiten auch in der Nacht. Soweit ist alles klar.

Nackt aktiv mögen manche Menschen sein, die ziehen sich einfach nix an, wenn es warm genug in ihrer Wohnung ist. Und ein Fell haben wir nicht mehr, wie wir alle wissen, wenn wir uns im Spiegel betrachten. Also sind wir nackt. Und klar ist auch, unbekleidet können wir zu jeder Stunde sein, also auch am Morgen, am Abend und mitten am Tag.

Nassehändekopf

Warum sie ihren Kopf verlor?

Alles begann damit, dass sie immer feuchte Hände bekam und sich genierte. Also traute sie sich nicht, jemandem die Hand zu schütteln, und wenn doch, errötete sie sogleich. Ja, schon bei ihrem Anblick wusste jeder, wie feucht ihre Hände doch sind, dachte sie.

Doch der Doktor hatte die Lösung: »Die werden Ihnen keine Probleme mehr bereiten«, sprach er, und schon war's fast getan. Denn sie legte brav, wie gewünscht, ihre Hände nebeneinander auf den Tisch. Und der Arzt, der eigentlich Metzger werden wollte, schlägt auch schon mit dem Hackebeil zu, und ritsch und ratsch, die Hände waren ab. Schnell das Blut gestoppt, was da aus den Schlagadern spritzte, und die Arbeit war getan.

Ja, es treten Phantomschmerzen auf an längst verlorenen Armen und Beinen. Und so geschah es auch bei ihren Händen, nun ja, ihren Nichthänden. Und sie schrie zuhause, wo es niemand hörte. Hörte? - es hörte wieder auf, um irgendwann wieder zu beginnen. Also ging sie ein zweites Mal zum Herr Doktor. Warum sie es tat, bleibt ungewiss. Ob es keinen anderen Arzt gab? Auf dem Land sind Ärzte rar, das wissen wir, so wird es wohl gewesen sein.

Aber auch gegen Phantomschmerzen, auch hierfür hatte Doktor Beil eine einfache Lösung. Ehe sie sich versah, war es auch schon geschehen. Blitzschnell schlug er ihr den Kopf ab. Und schon war Ruhe, und alle Menschen waren wieder froh. Und wenn er nicht gestorben ist, so schlägt er noch heute seinen Privatpatienten alle möglichen Gliedmaßen ab. Ja, nicht nur diese, sondern auch andere Glieder, da schreien die Männer sehr. Denn eine Narkose gibt es nicht, weder bei ihnen noch bei den Frauen.

Ach so, das muss noch gesagt werden: Kindern tut er nichts. Sie liebt er über alles, schließlich war er auch mal jung.

Und dann ist da noch etwas: Er will, er muss mehr Kunden haben, die paar sind ihn nicht genug. »Kassenpatienten« fügt er seinem Online-Info hinzu und wartet auf den Ansturm. Denn es gibt nur Bestbewertungen im Netz: Fünf Sterne. So hat er sein Geld gut angelegt, denn die sind gekauft, die Wertung hat einer geschrieben, der es ganz wie er auf seinem Gebiet einfach kann.

Nichtblaseierkraulerstreichlerin

Was für eine Frau mit solch langem Namen. Was die wohl tut, das scheint klar. Blasen jedenfalls nicht, sondern am Schwanz vom Mann, der nicht der eines Lemuren ist, saugen bis die spermagesättigte Flüssigkeit kommt und sich ergießt in ihren Mund - oder auch nicht. Das liebt so manch ein Kerl, und auch die eine oder andere Sie macht es an, die ihm eben noch die Eier kraulte, die keine Eier sind, und ihn sanft streichelte. Denn wir sind keine Vögel, sondern Säuger, als Babys saugen wir Milch an Mutters Brust, mag ihn die eine oder andere einen »blasen«.

Ja, auch er könnte es bei seinem Mann tun, mancheiner tut es ja, reibt und saugt, bläst also nicht, streichelt und liebkost seinen Willi.

So war es einmal. Denn nun ist in der Regel alles anders. Jetzt ist es eine intelligente Maschine, die all dies leisten kann, gesteuert von einer KI im Innern.

Ach ja, noch ist nicht alles perfekt. Zum Küssen hätte der Menschenmann gerne eine echte Frau oder einen Mann, und sie eine Sie oder doch lieber ihn. Aber auch das kleine Problem wird in Kürze zu aller Zufriedenheit gelöst sein. Androiden sind für alles gut.

Die Nixschlafnixe

Klingt doch schön, Nixschlafnixe. Fiel mir so ein, und jetzt steht es hier geschrieben, verewigt in diesem Buch. Könnte ein Titel für einen Fantasyroman oder ein Horrorbuch sein.

Nix wie nichts, was das bedeutet, scheint klar zu sein, auch wenn es nicht nur das eine Nichts in den Kulturen und Philosophien gibt, sondern diese und jene Form, die mit demselben Wort bezeichnet doch etwas anderes bedeutet.

Schlafen müssen wir alle. Schlafentzug ist Folter. Und wollen wir es nicht, so können wir mit Drogen versuchen lange wach zu bleiben. Irgendwann aber erwischt es uns doch: Wir schlafen ein, je nach Alter unterschiedlich lang. Noch bist du wach, dann schläfst du ein, erst leicht, dann tief schläfst du traumlos noch, dann beginnen die Träume. Traumprotokolle, ein Traumbuch könntest du schreiben. Ob du es tust, bleibt dir überlassen. Was Schlaf bedeutet, fragst du mich und weißt doch längst so einiges: Puls und Blutdruck sinken, du atmest langsam, dein Körper ruht, bis er sich doch dreht, deine Augen sind geschlossen, das logische Denken ist erloschen, du erholst dich, regenerierst so manches, bis sich deine Augen unter den geschlossenen Lidern schnell bewegen: REM. Jetzt bist du voll aktiv bis auf deine Muskeln, du magst von schönen Dingen träumen und von Alltagsdingen, doch oft ist es ein Albtraum, Horror pur, dem du nur durch Aufwachen entfliehen kannst.

Nixen kennen wir aus Sagen und Märchen. Sie leben im Wasser. Nein, Meerjungfrauen mit Fischschwänzen sind sie nicht. Zwischen zwei Welten sollen sie wandeln, dem Diesseits und Jenseits, und Sterbende auf ihrer Reise in den Tod begleiten. Die Nixe warnt vor Stürmen, doch ertränkt sie auch Fischer und entführt Kinder. Auch soll es unter ihnen Hausgeister geben. Meist ist es nur eine Nixe, der ein Mensch begegnet, ein Wassergeist, eine schöne Wasserfrau. Doch wären sie längst ausgestorben, gäbe es nicht auch den Nix, den Wassermann, der Kinder ertränkt und daher zu einer Kinderschreckfigur wurde. Mädchen und Frauen entführt er, hat Sex mit ihnen, der alte hässliche Mann, der manchmal jedoch ein attraktiver Jüngling ist. In ihrem Haus am Gewässergrund lebt die Familie. Nach oben zieht es die Nixentöchter. Doch was die Söhne dort unten tun und ob sie jemals an die Oberfläche kommen, das Land betreten, das weiß kein Mensch. Einige von uns, damals zumindest und auch heute noch?, treffen auf Nixen in tierischer oder menschlicher Gestalt, verlieben sich in die Guten unter ihnen. Und wie man sich erzählt, so tanzten einige von ihnen einst irgendwo mitten unter Menschen, und niemand achtete auf ihre nassen Kleidersäume, und schnell verging die Zeit. So kamen sie zu spät nachhause, dort tötet sie ihr Vater, rotes Blut steigt auf. Badenixen hingegen findet man am Meeresstrand, Menschenmänner schauen sie sich an..

Also ist die Nixschlafnixe eine im Wasser lebende Andersweltfrau, die einfach nicht schlafen muss oder aber es nicht tut, weil sie es so will? Mag auch sein, dass sie einfach keinen Schlaf findet, genau wie du und ich, wenn wir über Dinge grübeln, die so oder so in naher Zukunft geschehen werden oder auch nicht.

Doch eindeutig ist die Sache nicht, und es bleibt dir überlassen, für welche Version du dich entscheiden willst. Denn ist Nix der Wassermann in Begleitung von Bruder, Freund oder Vater, so sprechen wir von »Nixe«. Dann aber geht es in deiner Geschichte gar nicht um eine Wasserfrau, sondern um mehrere Wassermänner, die nicht schlafen können oder müssen. »Nixschlafnixe« nenne ich sie.

Nieseschnarcher und Schnarchnieschen

Welch ein Paar! Er niest bisweilen, schnarcht im Schlaf gar kräftig. Ihr aber läuft die Nase in einer Tour, ja, und schnarchen tut sie auch bisweilen, je nachdem, ob sie auf dem Rücken oder der Seite liegt.

Jetzt aber am Abend in die Wohnung zurückgekehrt lässt ihr Nieseschrei die Wände erzittern und was dann geschieht, das weißt nur du..

O

Die Ohrenbeute

Einen GI gab es wirklich, der 1945 umgelegten deutschen Soldaten die Ohren abschnitt. Eine Kriegstrophäe, muss Mann einfach haben. Auf einen Faden gezogen trug er sie mit sich herum. Klingt doch gut als Romantitel.

Ohrenkuss und Nasenreiben

Meine Freundin und ich, wir reiben unsere Ohren aneinander. Und dann berühren sich unsere Nasen. So küssen wir uns.

Ja, im warmen Heim geschieht es. Anderswo hat das Nasereiben andere Gründe. Denn Münder könnten aneinandergefrieren. So ist es bei den Inuit. Wie auch immer, das hat doch was! Auch für dich?, wenn du denn nicht alleine bist.

Ohrstreichel

Den Kopf nach links zur Seite gestreckt, ihr Ohr wird frei für seine streichelnde Hand, der links von ihr auf der Couch sitzt. Erotik im Alter statt wilder Sex.

Ohrwurms Lied

Er singt bei klarem Sternenhimmel und im Licht der Vollen Mondin.

Der Ohrwurm, wer sonst!

Ist er also ein Tier, ein Insekt?

Ja, so nennen wir einen stummelflügligen Käfer, der nicht fliegen kann. Nachts ist er munter. Nein, er kriecht nicht in unsere Ohren, doch zermahlen soll er gut gegen Kopfschmerzen sein. Ob er auch singt? Er wohl nicht, doch ...

Ohrwurm - so nennt sich das Lied, das dir und mir, uns allen nicht mehr aus dem Kopf geht. Wir kenne so einige Ohrwürmer, doch nicht den einen, der uns nie mehr verlassen wird.

Ortszeitwechsel

Ortszeitwechsel, da geht es also um Orte, die Zeit und den Wechsel.

Du kannst den Ort wechseln, das tust du ja ständig, wenn du dich bewegst, dafür muss man nicht erst in ferne Länder reisen.

Zeitwechsel. Da fallen mir die Zeitzonen ein und die Sommer- und Winterzeit. Die Uhren werden umgestellt, doch die Zeit ändert sich nicht. Oder aber an einem Ort zu vielen Zeiten immer wieder und wieder erscheinen, das ist ein Zeitwechsel, Zeitreise genannt.

Das alles sind Ortszeitwechsel.

Gar an mehreren Orten zu einer Zeit sein, sich aufspalten in mehrere Ichs. Oder aber in parallelen Welten leben: ich und ich und ich, die wir doch alle nicht identisch sind. Und erst die Zeit?

Was mag mit uns geschehen, was geschieht jetzt gerade, was ist schon immer wie es ist? Fragen über Fragen. Such dir etwas für die Handlung in deinem Werk aus.

P

Pampelmuse und Muselpampe

Die größten Zitrusfrüchte bringt dieser immergrüne Baum aus dem tropischen Südostasien hervor. Und wer hätte das gedacht, dass aus der Pampelmuse und der Mandarine die Orange hervorgegangen ist und aus der Orange die Grapefruit entstand, und die ursprünglichen Arten kennt bei all diesen Kreuzungen kein Mensch, Chaos pur für den Systematiker. Wir Deutschen machen da keinen Unterschied, nennen die Früchte der Pampelmuse meist Grapefruit. Gelblich oder rötlich ist ihr Fruchtfleisch, vor allem aber bitter. Doch in *Bitter Lemon* ist sie nicht enthalten.

Was eine Pampelmuse ist, wissen wir jetzt. Doch eine Muselpampe? Da wurde wohl einiges verdreht. Hört sich an nach einer Frau. Und ist es so, dann stellt sich die Frage, was die beiden miteinander verbindet, was sie zusammen erleben. Isst die Muselpampe gerne Pampelmusen und trägt deshalb diesen Spottnamen, heißt also in Wahrheit ganz anders? Will sie lieber wie eine Pampelmuse, gar eine sein? Oder hat sich der Autor einfach was zusammengereimt, was totaler Blödsinn ist - oder auch nicht. Du schreibst das Buch mit diesem Titel. Du weißt Bescheid, wie alles zusammenhängt, und tust du es am Anfang noch nicht, so wird es sich im Laufe der Handlung schon noch ergeben.

Papageientod und Wiedergeburt

Ein Leben lang sind die beiden Aras ein Paar. Und nun ist er gestorben. Also deckt sie ihren Flügel über seinen Körper. Und doch erwacht er nicht – nie mehr in dieser Welt. In einer anderen? Vielleicht. Mag es der Papageien-Himmel sein oder die -Hölle, wenn es sie denn gibt. Oder aber sind es andere Welten, andere Kosmen, wo sie sich wiedersehen und -hören. Irgendwann und irgendwo in welchen Körpern auch immer?

So mag es sein - oder auch nicht. So soll es sein!, spreche ich.

Und siehe da, jetzt stirbt auch sie, die ihm ein Leben lang treu war und es noch immer ist bis in alle Ewigkeit. Also erwacht auch sie im Jenseits, in dem er voller Sehnsucht ihr entgegenfliegt.

Photonenreise

Acht Minuten brauchen die Photonen, braucht das Licht von der Sonne zur Erde. Doch zuvor aus dem Kern im dichten Stern, immer wieder abgelenkt im Zickzackkurs, immer wieder zusammenprallend mit Atomen und anderen Teilchen, liegen Tausende von Jahren, bis sie an die Oberfläche unseres gelben Sterns gelangen. So ist es.

Von anderen Sternen, die wir sehen, reiste das Licht Millionen von Jahren und Lichtjahre weit, bis es unsere Augen trifft. So reisen die Photonen durch Sterne und die Leere zwischen ihnen, die gar keine Leere ist

Pimmelmann und Pimmelfrau

Aber sie hat doch gar keinen! Einen kleinen doch, versteckt. Ob er auch kitzelt, weiß nur die Frau?

Und warum er keinen mehr hochkriegt, das wird hier nicht verraten. Mag sein, dass er alt und krank ist oder einfach Schiss hat.

Du aber schreibst Pimmelmanns Abenteuer, deinen Roman, einen Porno, na klar, oder vielleicht doch nicht. Könnte etwas Anspruchsvolleres, Erotisches werden, vielleicht, wer weiß!

Pinkelsenf und Pinkelschauklerin

Pinkelsenf, was ist denn das? Da pinkelt doch keiner Senf. Doch seinen Senf muss er überall dazugeben, wo und wann auch immer.

Doch halt! Wäre es so, dann stände hier oben »Senfpinkler«, und dieses Wort beginnt mit »S«, befände sich also weiter hinten in diesem Buch. Doch irgendwer könnte Pinkelsenf erzeugen, wie auch immer, und auch essen, zum Würstchen oder sonstwo dazu.

Beim Aufstehen setzt sie sich, nicht mehr die Jüngste, aufrecht aufs Bett und bewegt ihren Unterleib vor und zurück, die Arme auf die Knie gestützt, um den Urin in der Blase zu verteilen und beim Aufstehen nicht in die Binden, den Slip zu pinkeln. So ist es einst irgendwo geschehen, so geschieht es von Mal zu Mal.

Und was beide Dinge abgesehen vom Pinkeln gemeinsam haben, das weiß ich nicht, könnten aber zwei Handlungsstränge sein.

Pinocchio für Erwachsene

»Lass mich mal ran!«, meint Opa und schiebt mich zur Seite. Denn bei mir tut sich nicht viel. 66 Jahre, Herzmedikamente, die impotent machen können, wie es so schön heißt. Steif ist er jedenfalls nicht.

Der ist aber hart, denkt sie, als er zustößt, wird doch nicht ein Besenstiel sein. Nicht ganz getroffen, denn Opa meint: »Die Scheißkerle ham mir de Schwanz im Kriech weggeschoss, jetzt han ich eener aus Holz.«*

Aha, denke ich, ob der wohl wachsen wird von Mal zu Mal? Dann könnten wir den Alten »Pinocchio« nennen. Wie auch immer, hart ist er, was will sie mehr, raus kommt nichts, geglättet sollte er sein nicht splittern, denn das wäre gar nicht gut, es sei denn es handelt sich hier um einen Horrorporno.

Pisser und Poplerin – ein ungleiches Paar

Er pinkelt in die Hose, sie holt einen Popel aus der Nase.

Und beide haben sie Angst, wovor auch immer, Schisser und Schisserin, ein älteres Paar. Niemals hat sie »Was will denn dieser Popel!« bei seinem Anblick gedacht. Denn sie haben sich ineinander verliebt, auf den ersten, nun ja, zweiten Blick und lieben sich noch immer. Sie ist jetzt und hier die Poplerin und ihr Ehemann der Pisser, darin unterscheiden sie sich, wie ohnehin schon als Frau und Mann, doch das ist für die beiden ohne Bedeutung. Nicht nur ihr Name »SchisserIn«, den sie annahmen, verbindet sie.

Der Planktonmensch

Erwacht als junges Tier im Plankton, winziger Krebs – verschlungen von Manta, Wal- oder Riesenhai. So hat sich der Mensch das Jenseits überhaupt nicht vorgestellt.

Der Pommesstreichler

Einmal mit dem rechten Zeigefinger über die auf dem Tisch liegende Seite des übriggebliebenen Pommesstücks gestrichen, um möglichen Dreck zu entfernen, dann rein in den Mund, das alles beim Türken in Ludwigshafen, dort und auch anderswo, wo es Pommes Frites gibt und einen Men-

---

*: Pfälzisch, auf Hochdeutsch: »Die Scheißkerle haben mir den Schwanz im Krieg weggeschossen, jetzt habe ich einen aus Holz.«

schen, der sein Essen wirklich liebt, ein wahrer Gourmet und kein Gourmand, denn bei dem hätte es keine Streicheleinheiten gegeben.

Popelpissscheißlasagne

Statt Hackfleisch ist da so einiges drin, immerhin der Käse ist Käse, wie es sein soll. Doch Popel, Pisse und Scheiße, also nein, das geht gar nicht, ein absolutes No Go ist das. Könnte sich natürlich auch um eine ganz gewöhnliche Lasagne handeln, über die sich der Gast, ein Kind vermutlich, so aufgeregt hat, dass er diesen Ausdruck wählte.

PPP - Papas Porno Pute

MMM hatten wir schon, nun gehts ach herrje um PPP, was vieles heißen mag. »Papas Porno Pute« fiel mir hierzu ein. Klingt ja ziemlich bekloppt, meinte meine Freundin und hat wohl recht.

Was Papas sind und Puten, das weiß hierzulande jedes Kind, wie es so schön heißt. Den Papa kennt jede(r), na klar. Was eine Pute, ein Truthahn ist, das wissen nicht alle, doch viele von uns.

Und für Pornos werden sich Jungs und Mädchen erst in der Pubertät interessieren, dann kennen sie die Bedeutung, wissen, wo sie zu finden sind.

Die Primelkapelle

Ach ja, da hat die Zensur zugeschlagen, obwohl in einem anderen Fall nicht. Dieses Wort steht hier vorne im Inhaltsverzeichnis, und so wirkt es harmlos. Eigentlich geht es aber nicht um eine Pflanze, sondern um eine »Pimmelkapelle«. Und was ist das?

Der Pimmel, der Penis, der Schwanz, das Glied des Mannes, ein Werkzeug der Natur, das der Begattung dient, auf dass die Kindlein kommen. Den haben die einen, die andere Hälfte der Menschheit aber nicht, und die nennen sich Frauen. Das ist allen Jugendlichen und Erwachsenen klar.

Kapelle wird eine kleine Kirche im Christentum genannt. Doch kennen wir alle auch die Blaskapelle, da wird Musik gemacht, geblasen wird da - auf Instrumenten. Nein, den Pimmel bläst da keine(r).

 Doch hier und jetzt marschieren doch tatsächlich Pimmel, eine Parade gar?, durch die Gegend und spielen worauf? Wirklich seltsam ist das. Wer hat sich das nur ausgedacht? Doch eins ist klar, merken muss sich den Ausdruck niemand - weder du noch sonstirgendwer.

Pupspuppe und Furzpute

Die eine von Menschenhand gemacht oder heutzutage vielleicht von einer Maschine, die andere wohl doch kein Hühnervogel, sondern eher eine dumme Pute, also eine Frau.

Und die Puppe pupst so leise in tiefer Nacht, so dass es selbst ihre Mutti, ein Mädchen, das selig schläft, nicht hört. Und das, obwohl sie nichts gegessen und gar kein Arschloch hat.

Bei der Frau jedoch geht es schon kräftiger zu, sie furzt, und das hört jeder, der neben, hinter oder vor ihr steht oder sitzt oder liegt. Und damit ist sie gar nicht allein, andere Menschen ringsum im Saal fallen ins Furzkonzert mit ein.

Die Pusterbläserin

Pusterin und Bläserin vereint, die eine pustet sanft die fliegenden Samen des Löwezahns, der Pusteblume in die Luft, die andere bläst kräftig in die Posaune.

Dann aber gibt es noch diesen einen Ausdruck, der da lautet: Einem einen blasen.

Und was tut jetzt die Pusterbläserin?

Sie pustet und bläst. So geschieht es in einem Film von einem gewissen Til Schweiger. So tut es Frau oder Mann, wenn sie / er noch gänzlich unerfahren in sexuellen Dingen ist, den Ausdruck einfach nicht kennt, wenn er sie dazu auffordert.

Und ich frage mich, warum es »blasen« heißt, wo da gewöhnlich niemand pustet, sondern Frau oder Mann an seinem Schwanz saugt.

Ach ja, welch lustige Erklärung doch im Internet zu finden ist: »durch Fellatio zum Samenerguss bringen«. Und das ist auch noch nicht einmal ganz richtig, denn er muss nicht zum Höhepunkt kommen, wenn ihm einer geblasen wird.

Putzvampirinnen

Ja, das ist eine besondere Sorte von Putzfrauen. Sie beginnen ihre Arbeit um 16 Uhr, wenn in den Büros im Rathaus und anderswo Feierabend ist. Um 20 Uhr ist Feierabend.

Wiederum andere fangen früh an, bevor der Schulunterricht beginnt, falls nicht gerade wegen Corona Heimlernen angesagt ist.

Doch in unserem Fall geht es um die Nachtschicht: Unter der Decke entlang, dort oben, an den Seitenwänden und Fenstern innen, auch außen, wenn sie denn offenstanden, da geschieht es. Und das weder im Himmel noch in der Hölle, sondern hier unten auf Erden ohne technische Hilfsmittel, wo die Schwerkraft wirkt, und nicht etwa in der Raumstation, die dort oben über die Erde kreist.

Ich nehme das alles ohne mich zu wundern hin. Ich frage mich nur: Sind sie angestellt, bekommen sie einen Nachtzuschlag und werden sie jemals müde?

Doch ja, lautet die Antwort, die mir selber flüsternd gebe: Wenn draußen der Sonn am Horizont aufsteigt, dann schweben sie runter in den Keller, teilen das Blut aus den Konserven und legen sich zur Tagruhe nieder.

Q

Der Quaddeldrigarant

Quaddel, Quadriga, Quadrant, sie alle zusammen ergeben dieses seltsame Wort. Der erste ist vollständig geblieben, die anderen folgen ihm nach, haben »Quad« verloren.

Genesselt sammelte sich Wasser an dieser Stelle der Haut, so hob sie sich ab, ein Quaddel war geboren.

Quadriga: Vier nebeneinander eingespannte Pferde ziehen deinen Wagen, auch heute noch auf dem Brandenburger Tor erstarrt.

Vier Quadranten auf der Ebene oder aber eine der vier Kieferhälften in deinem Mund. Wieso »oder«? »Und« muss es heißen, denn beide Dinge werden so genannt.

Nun aber stellt sich die berechtigte Frage: Was haben diese drei Dinge miteinander zu tun? Bilden sich da Quaddeln in den Kiefervierteln bei allen vier Pferden? Oder ist das ganze Wort einfach nur ein Einfall eines etwas Irren gewesen, halt!, einer Irren wäre auch möglich. Du weißt, was es in deiner Story bedeutet. Mag auch sein, dass du den Titel ein wenig abänderst. Das bleibt dir allein überlassen.

Das Quadrilliophon

Quadrophonie, das sind vier Kanäle, aus vier Boxen erklingt die Musik, rechts und links, vorne und hinten.

Quadrophenia fällt dir hierbei vielleicht ein, wenn du schon etwas älter bist, klingt ähnlich, ist aber etwas anderes, doch die Vier steckt ebenfalls drin. Es ist ein Rockoper der Band *The Who* über einen Mann, der nicht schizophren ist, sondern vier Persönlichkeiten in sich trägt.

Und die Quadrillion von was auch immer ist eine Zahl, die 10 mit 24 Nullen, bei quadrillion im Amerikanischen sind es »nur« 15, wie auch immer ganz schön viel.

Also erklingen quadrillionen Stimmen um uns, in uns, aus uns, in allen Lebewesen der Kosmen, und auch die Sterne, die Planeten und kleineren Gesteinsklumpen singen im endlosen Chor von Geburt, Leben und Tod - und so auch GOTTes Lob?

Quaggafickiquali

Klingt gut. Ist es das?

Wie auch immer, es ist ein sehr seltsames Wort, dass es wohl nur hier und nirgendwo sonst gibt. Und da stellt sich doch gleich die Frage: Welche(r) Irre hat sich das nur ausgedacht? Nun ja, ich kenne ihn ein wenig, schaut mich an im Spiegel.

Quagga, das ist der Name eines lediglich am Vorderkörper gestreiftes Zebra, einst in Südafrika verbreitet und längst von uns Menschen ausgerottet, denn ein freies Weidetier als Konkurrent der Rinder hat kein Recht zu leben. Doch das heißt auch: Mit Jagd und Festmahl ist's seit langem schon vorbei.

Qualifikation wozu auch immer ist die Eignung einer Person für einen Beruf, eine Aufgabe und das Weiterkommen in die nächste Rund in Sport, Wettbewerb - Sport und Show, das Stichwort: Quali für das Finale.

Ficki Ficky ist ein Liedtitel und hat womit zu tun? Doch nicht etwa mit ficken? Also nein! - Also ja, also doch!

Also fassen wir zusammen: Wir haben hier ein ausgestorbenes Zebra, zum Ficken qualifiziert. Doch das war einmal, wie wir jetzt wissen: kein Sex, keine Kinder, Ende und aus. Jetzt aber reicht's.

Quaiqualm

Kai, in schwyzer Deutsch Quai, so werden Uferstraße und Schiffsanlegestelle genannt. Dort brennt jetzt ein Feuer, das Qualm erzeugt, Ruß und Rauch, was sonst! Doch es stellt sich jetzt die Frage: Was oder wer brennt? Ein Schiff, der Steg, ein Gebäude, Karton,Gras - oder gar ein Mensch?

Was es ist, bleibt dir überlassen, denn du schreibst diese Geschichte, du entscheidest dich für dies oder das, ihn oder sie oder sie.

Quak Quark Quäk

Der Frosch lässt die Schallblasen spielen. So lockt der Mann im Teich mitten unter Rivalen die Frau.

Den Quark kann man essen, wie jeder weiß.

Schrill heiser gepresst schreit das Kind, wie es so schön heißt, und sein Quäken geht doch sehr auf den Geist.

Diese drei Begriffe bilden den Titel deines Romans. Jetzt liegt es an dir zu schreiben, wie alle miteinander zusammenhängen.

Quakequäkerqual

Quake, nun wohl eher Gequake, da wissen wir, was gemeint ist: Gerede, Gefasel, Gewäsch.

Quäker gab es einst und gibt es noch immer. Aus Spott wurde Name. Menschenwürde und Gewissen. Keine Riten mehr. In uns allen strahlt Gottes Licht.

Doch ist es keine Qual zuzuhören, wenn Quäker reden, das glaube ich, quaken tun sie jedenfalls nicht. Doch wenn alles so ist, wie ich es hier kurz beschrieben habe, was könnte dieser Titel wohl bedeuten?

Und die Antwort lautet. Frage nicht mich, du wirst es wissen, wenn dein Buch diesen Titel trägt.

Der Quallenalgensee*

Das ist das Wasser, das nicht salzig ist, in dem Algen-Seequallen leben. Also ... Hier in diesem isolierten See leben wir, schwimmen nach oben hin zum Licht, in dessen Strahlen wir die Algen in uns baden, auf dass sie wachsen und gedeihen. Denn wir Quallen sind die Gärtner, wir nehmen die in uns auf, die schon in uns sind. Von ihnen leben wir - und sie leben von uns.

Der Queckquacksilbersalber

Ein Quacksalber, der Quecksilber zur Behandlung einsetzt. Doch wofür und wann und überhaupt? Es etwa seinen Patienten in die Adern spritzt. Hat einen Vertrag mit der Unterwelt geschlossen - denkt er. Aber ist es wirklich so? Einst aber scheint klar: Gerne essen Dämonen solcherart präparierte Leichen, da ist er sich sicher.

Quiekquakquak

Ferkel, Frosch und Ente in einem Wesen vereint, Vertreter dreier Wirbeltierklassen, Säuger, Lurche, Vögel. Und sie quieken und sie quaken und quaken in dreierlei Sprachen, wer hätte das gedacht!

Also nein, wie kann das sein? Das glaubt kein Schwein.

*: Und den gibt es tatsächlich.

R

Radurke und Gurkieschen

Eine Romanze nicht ganz zu zweit, denn da sind noch viele andere ihrer Art im Gemüsefach vom Kühlschrank vereint: Gurken und Radieschen.

Ob sie sich wohl untereinander vertragen, die einen mit den anderen, das ist hier die Frage. Warten wir ein wenig. Die Zeit bringt es an den Tag.

»Da sind sie ja, die kleinen, jungen Gürkchen, Radieschen, wie goldig!« Klar, die müssen noch wachsen, doch in ein paar Wochen, ja dann sind sie groß und stark.

Und was ist das? Da ist wohl nicht keiner, sondern einer, eine fremdgegangen. Da sind doch tatsächlich mitten unter ihnen Gurkieschen und Radurken.

Die Rattenklinik

Wo sie ist?

Nein, nicht unter dem Rathaus in U13, sondern unter dem Westpfalzklinikum in Kaiserslautern. Marcumar, das alte Rattengift wirkt hier in rattenangepasster Dosis, von Rattenärzten verschrieben und Rattenschwestern verabreicht als notwendige lebenslänglicher Begleiterin für alle Ratten mit künstlicher Herzklappe. Ach ja, gegründet wurde diese inzwischen mächtig angewachsene Rattenmetropole, weil so viele Menschen dort oben auf der Oberfläche ihre Speisereste einfach so ins Klo kippen, die wie auch immer unter dem Krankenhaus landen.

Rett dich Rettich!

Ja, Meerrettich, schön scharf und aus dem Glas, den kenne ich - und Pech, der ist mit dem Rettich, um den es hier geht, überhaupt nicht näher verwandt. Wasabi, fällt mir hierzu ein - wiederum eine andere Pflanze. Kurzum, Satz mit x - war wohl nix.

Was ein Rettich ist, das weißt du vielleicht, der du dich gesund ernährst. Ich kenne das Wort und weiß doch nicht, wie er aussieht, gekauft habe ich ihn jedenfalls noch nie. Aha, da sind Abbildungen im Netz, und da liegt er ja, in der Gemüseabteilung im Discounter wartet er auf seine(n) KäuferIn, vielleicht auch auf mich. Also um die Rettichrübe gehts, die können wir essen, Salat aus ihr machen.

Jetzt aber stellt sich die Frage, vor wem und warum sich der Rettich retten soll. Ist doch eine Pflanze, die kann nicht so einfach davonlaufen, das steht fest. »Rette den Rettich!«, ja das geht. Doch er soll sich ja selber retten. Keine Ahnung, wie er das macht, in unserer real genannten Welt wohl kaum. Anderorts zu anderer Zeit mag alles anders sein. Und wenn es nur um ein Märchen ginge, ja dann ...

Rhinozeros und Rumpelkuchen

Rhinozeros, das Nasenhorn, Nashorn auch genannt, ein Tier, was sonst! Doch was ist ein Rumpelkuchen. »Kuchen« ist klar, den kann man essen. Rumpeln mag es da im Magen, aha, so könnte es sein. Aber nein, das Wort fiel mir einfach so ein, zweimal was mit R. Und was habe ich da gerade entdeckt. In Sachsen wird er tatsächlich gebacken. Es gibt ihn ganz real. Nun gut, nichts Neues.

Doch was das Rhinozeros mit ihm erlebt, das wird hier und jetzt noch nicht verraten.

Das Rollmopsmassaker

Dass ein Rollmops ein in Essig eingelegter Hering ist - o.k., ohne Kopf, Schwanz und Eingeweide und längsgeteilt -, der um eine Gewürzgurke gewickelt von zwei hölzernen Stäbchen zusammengehalten wird, das wissen die meisten von uns. Doch nun kommen wir zum brutalen Teil, einmal nicht aus unserer Sicht.

»Au«, schrie der Rollmops, als er von Gabel und Messer aufgespießt und zerschnitten wurde. Und die Leichenteile, das kleine auf der Gabel und das große auf dem Teller, er, der sie umschlungen hält, und sie, von ihm umarmt, beide weinen. Und schon verschwindet das kleinere Stück im Menschenmund und wird von scharfen weißen Zähnen zermahlen.

Nein, der verbliebene Rest zittert nicht vor Angst, denn noch weiß er nicht, was ihm blüht. Doch gleich wird er es erfahren.

Der Rübenstecher
Ein pornografischer Roman

Rüben werden nicht gestochen. Also gibt's auch keinen Rübenstecher.

Ist das ein Stecher! Und was für eine Rübe der hat! Oder heißt das anders?

Ja, endlich hat er's geschafft sie rumzukriegen.

Die Rübe?

Natürlich die Frau, wen sonst.

Jetzt legt er los, welch wilde Rammelei!

Und so geht es weiter, Tag für Tag und ...

Doch früher oder später schafft sie ihn. Nichts bringt er jetzt mehr im Bett. Schmeißt sie ihn aus der Wohnung raus?

Nein, sie bringt ihn einfach um, wiedebumm.

Rucksackfrau und Rucksackmann

Einst trafen sie sich beim Konzert und lernten sich näher kennen, kein Wunder, bei dieser und anderen Gemeinsamkeiten, über die sie sich unterhielten. Dann aber ...

Da gibt es doch tatsächlich eine Story von mir, in der es um die beiden geht. Dir aber fällt sicherlich etwas ganz anderes, passenderes ein. Da bin ich mir sicher.

Rumpeldipumpel Holterdiepolter

Was rumpelt denn da unten in meinem Bauch herum?

»Rumpeldipumpel, weg war der Kumpel. Ja, diesen Satz gibt es schon, stammt von einem gewissen Arthur Schramm, doch war es nur ein Gedicht, einen Roman mit diesem Titel schrieb er nicht.

Nein, Wackersteine sind es nicht, was immer das sein mag. Märchen, ick hör dir trapsen. Holterdiepolter, nicht im Lied doch hier geht es den Berg hinunter und immer weiter in die Tiefe bis ins Tal, wo dich was erwartet?

Das Rumpelrübenkaninchen

Nein, das sind keine Runkelrüben, um die es hier geht. Rumpelrüben sind es, könnte so etwas wie Rumpelkuchen sein, nur auf Rübenbasis, wer weiß! Ich glaube es jedenfalls nicht.

Ja, das Kaninchen (fr)isst Rüben, Mohrrüben zumindest. Aber gibt es so ganz real wirklich welche unter ihnen, die diesen von Menschen erdachten Namen tragen? Das ist hier die Frage.

S

Der Sabbertattergreis

Meine Freundin hat es gesehen. Und jetzt achte ich darauf, merke es, wenn es unterwegs im rechten Mundwinkel feucht wird. Dann wische ich einmal kurz mit dem Handrücken (Coronazeiten) drüber, und alles ist wieder gut, zumindest für kurze Zeit.

Meine Hände zittern bisweilen, eine Medikamentennebenwirkung und die Aufregung, so dass ich dann Probleme habe, die Kreditkarte in den Schlitz vom Kartenlesegerät an der Discounterkasse zu stecken. Mit den Fingern, auch am ganzen Körper zittern, das wird tattern genannt, so steht es im Duden.

Also gibt es bei mir erste Anzeichen von Sabbern und Tattern.,

Nein, ein zittriger, seniler alter Mann, ein Greis bin ich noch nicht. Doch der könnte ich noch werden.

Die Sausebrause

Es saust die Maus ins Haus, denn draußen braust's, ein Sturm kommt auf. Wir machen die Sause, fort hinweg treibt es uns, trinken noch eine Brause, sprudelt das Wasser, die Tablette löst sich auf. Ist es eine Sausebrause?

Wir lassen alle Termine sausen, brausen uns noch einmal kalt ab. Dann machen wir die Sause, steigen ein und brausen im Auto davon, verlassen unser Haus, die Nachbarn, sausen durch die Stadt und tauchen ein in das Dunkel der Nacht. Jetzt saust das Blut in unseren Ohren. Und in uns flüstert es wieder und immer wieder, es hört einfach nicht auf: »Sausebrause, Sausebrause, Sausebrause.«

Scheißer und Schisserine

Zwei Schisser in einer beschissenen Welt. Davon gibt es noch viel mehr, denkst du und hast recht. Was jetzt geschieht, das kann sich jeder denken: Er und sie kommen sich näher. Eins haben schon mal gemein: das Scheißen. Doch damit sind sie nicht allein. Es betrifft so viele: alle Menschen und Tiere. Sie haben sich gefunden.

Nein, jetzt kennen sie keine Angst mehr. Da kann kommen, was will, sie sind und sie halten zusammen. Wie schön!

Die Scheißhausputze

Toilettenreinigungsfrau, Putzfrau, Reinigungskraft, Parkettkosmetikerin, ja, diese Namen kennen wir. Pfui, Scheißhausputze!, das sagt man doch nicht. Und nicht nur die eine, all die Toiletten für Frauen und Männer in jedem Stock im Rathausturm putzen diese Frauen. Sie und zudem die Zimmer, die Böden in den Fluren, und den Müll entsorgen sie auch, wenn der einzige Mann Urlaub hat.

Schmuserin und Schmuselasser - ein gar seltsam Paar

Sie möchte mit ihm schmusen, so reibt sie ihren Kopf an seinem. Und auch die Schmusekatze streichelte ihm miauend um die Beine auf dem Weg zu ihr. Er jedoch tut gar nichts, lässt ihr Schmusen zu. So sind sie ein Paar, sie aktiv, versucht ihn anzumachen. Er bleibt passiv, was soll Mann schon anderes machen, wenn sie ihn so bedrängt. Andererseits er könnte dasselbe tun, doch dann wären sie Schmuser und Schmuserin, und das wäre eine banale Geschichte.

Schnarchelnieserin

Sie schnarcht, sie niest, sie ist eine Schnarchelnieserin. Und was sie kann, das kann auch er. Nein, nicht ihr Mann. Doch wer dann?

Schneeköpflein

Schneeköpflein, ein Junge, ein Mädchen, eine Frau, ein Mann, ein Tier oder ein Wesen aus der Anderswelt mit Schnee auf seinem Kopf oder gar mit einem Kopf aus Schnee.

Könnte ein Märchen sein. Doch ist es das wirklich? Was meinst du?

Schneemann und Schnieferin

Ein goldiges Paar in der Kälte vereint halten sie sich umarmt. Sie zieht die Nase hoch, noch ist sie völig zu. Doch die Kälte wird das ändern, die hier herrscht, wo er lebt, Schneemensch und Mann.

Schniedelwutz und Schnappwurscht

Ein Roman von Olaf Olsen, aus dem Nachlass, heimlich verfasst in der Irrenanstalt Landeck / Klingemünster in der Pfalz und nicht in Merzig, wie manch ein Saarländer meinen könnte.

Schniedelwutz oder Schniedel wird der Penis genannt. Das wissen wir.

Und die Schnappwurscht, in Hochdeutsch Schnappwurst, ist zum Zuschnappen da, was sonst. Vielleicht hängt sie an einem Faden herunter, und der Hund - nein, du bist es ja, der vor Hunger danach schnappt. Doch niemals, nie wird dein Mund sie erreichen, deine Zähne hineinbeißen. Also geht es dem Ende entgegen.

Ach ja, da gibts bei ebay ein Kinderspiel mit dem Titel »Schnapp die Wurst« zu erwerben. Darin schnuppern Hunde nach einem Würstchen, das neben einer Socke an einer Wäscheleine hängt. Es wird gewürfelt. Hat man Glück, so steht der Hund direkt unter der Wurst.

Schniedelwutz und Wutzelschniede

Ja, das sind doch zwei, einmal erlebt kann sie niemand mehr vergessen. Er hängt da unten und baumelt mit seinen anhänglichen Freunden Ingo und Dingo zwischen den Beinen vom Mann herum, wenn der sich fortbewegt, es sei denn, er ist eingeklemmt zwischen Lagen aus Stoff. Und ist er erregt, so erhebt er sich, wenn er kann und schaut sich doch nicht um.

Doch die Wutzelschniede, was ist denn das? Passt irgendwie zusammen, deshalb steht es auch hier. Ist sie das Gegenstück zu ihm? Wutz steckt auch hier im Wort und noch mehr: Da sind ja alle Buchstaben vom Schniedelwutz versammelt, nur ein wenig anders angeordnet. So gehören die beiden also doch zusammen, bilden ein Paar. Und wir sind gespannt, welchen Namen ihre Kinder tragen werden.

Die Schniefe

Die Nase ist zu. Der Rotz läuft dort hinten hinab.

Alles muss raus! Nein, es ist kein Schlussverkauf und auch kein Fest, bei dem alle Menschen ihre Wohnungen verlassen, rausgehen, um in der Stadt akrobatischen Gruppen und Musikbands zu lauschen.

Also her mit den Taschentüchern. Der Mülleimer ist keineswegs mehr leer. So geht es jeden Tag, bis sie sich doch noch aufrafft, ihre HNO-Ärztin aufzusuchen. Das Spray hilft. Alles ist gut, bis zu dem Tag, wo ihr das Blut Ich weiß, wie es weiter geht, denn ich habe es mit ihr zusammen erlebt, doch verrate ich es dir nicht. Schreibe du das Buch mit dem Vermerk »nach einer wahren Begebenheit«.

Der Schtatz

Schatz und Spatz, reimt sich wie Matz und Ratz. Bin ich das für dich?
Denn du nennst mich so, immer mal wieder von Zeit zu Zeit
Sind beides Kosewörter, und das ist schön. Also danke ich dir hierfür.

Schuhsex

Wer weiß, was sie heute Nacht miteinander getrieben haben. Und das
Resultat wird sein: viele, viele kleine Schuhe. Die werden wir armen Kindern in Obdachlosenasylen und Waisenhäusern schenken. Und das tolle
daran. Sie passen immer, weil sie sich sanft um ihre Füße legen. Sie werden immer passen, weil sie mit ihren Füßen mitwachsen. Das müssen sie
tun, denn auch sie sind noch lange nicht erwachsen.

Der Schwarzottermann

Das ist ein Medizinmann, der sich in eine Schlange verwandelt oder eine
aussendet, um sein Opfer zu beißen. In einem Beitrag im TV hörte ich von
ihm. Und jetzt steht sein Name hier in diesem Buch. Wie ist er da nur rein
gekommen. Andererseits er ist ein Medizinmann, wer weiß schon, in welchen Welten er sich bewegt und schwebt, der Schwarzottermann!

Seelenklang

Manchmal geschieht es. Ein Klang, eine Stimme, eine Melodie. Ich höre
sie, und alles singt in mir mit ihr - Einklang.
Erinnern?
Und alles Leid bricht heraus gebannt in Tränen.
So war es. So geschah es einen Augenblick, bevor meine Finger diese
Worte hier in die Tasten tippten.
Und du liest das Wort - und schon hebst du ab, schwebst dem Licht und
unbekannten Welten entgegen.

So weiß wie Schnee dein Haar

Wie romantisch das doch klingt, wie ein Märchen der Gebrüder Grimm,
und so persönlich, wenn es denn eine(r) zum anderen sagt.
Doch auch du, LeserIn oder SchreiberlingIn könntest gemeint sein. Also
lautet so der Titel deines neuen Romans. Und du schreibst los und liest
diese Worte immer und immer wieder und denkst ans Altern, schaust dich

im Spiegel an, und deine Haare auf dem Kopf, sofern noch vorhanden, sind grau und noch immer nicht weiß und werden es vielleicht auch nie wenn du denn vorher von uns gehst.

Doch deine Protagonisten sind so, wie du sie schreibst. So sagt sie zu ihm und er zu ihr: »So weiß wie Schnee dein Haar«. Dann umarmen sie sich und schließen die Augen und gehen gemeinsam in den Tod, weil du es so willst, denn du bist einer von den kleinen Göttern. Sie werden leben und lachen und leiden und sterben ganz wie du es willst. Könnte aber auch sein, dass alles ein wenig anders ist und du nicht in allen Dingen entscheiden kannst, wie es in der Welt dort unten weitergeht.

Spaghettieisbestellung

»Bitte ein Spaghettieis ohne Spaghetti! Danke.«

Das ist es doch immer, magst du einwenden.

Ja, das Aussehen ist es, das zum Namen führte, denn durch eine Spätzlepresse gepresstes und um Schlagsahne gewundenes Vanilleeis ähnelt einer Portion Spaghetti, und die Erdbeersoße darüber und die geraspelte weiße Schokolade imitieren Tomatensoße und Parmesankäse.

Halt! In dem Moment, wo du deine Bestellung aufgibst, wird dir das bewusst. Also änderst du diesen Satz sofort in »Bitte ein Spaghettieis ohne Eis!« um und bist gespannt darauf, was dir serviert werden wird. Der Bedienung fällt es gar nicht auf, sie tippt es als Extrawunsch ein, ist wohl nicht ganz anwesend, müde vielleicht, um sich darüber klar zu werden, dass es das gar nicht gibt.

Und *dir* fällt bestimmt ein, was dem Gast serviert werden und wie er darauf reagieren wird. Ich jedenfalls weiß es nicht.

Spiegelworte

Er / Sie / die Stimme, die spricht: »ebeil, ebeil, ebeil« – also e Beil uff Pälzisch, das heißt »ein Beil!«

Nö!, denkst du, das kann nicht sein.

Schreib es auf und schau in den Spiegel. Ich sage nur Stephen King und »redrum«. Siehst du: »ebeil«, so heißt »Liebe« in der Spiegelwelt.

Und in Englisch heißt es: »evol« - das könnte einer wie »evil« aussprechen, und das ist das Böse? Make love, no war!

Spinnenspringers Hochzeit

Ja, Springspinnen, diese Familie unter den Echten Webspinnen, die gibts auch bei uns und nicht nur andernorts, wenn auch nicht so große wie in Amerika vorkommen. Balz und Paarung finden statt, wie sollten sie sonst auch existieren so ganz ohne Nachwuchs, hier kann man auch von Hochzeit sprechen.

Doch der Spinnenspringer könnte auch ein Mensch sein, ein Mann wie Spider-Man, der nicht nur auf zwei Beinen laufen, sondern mit ihnen auch gewaltig hoch und weit springen kann. Wäre es so, dann hätte er einen anderen Körper als wir: Sprungbeine, mit denen er unterwegs wäre auf der Suche nach Nahrung und einer Frau. Sie wird er heiraten, denn sie ist wie er und doch wieder anders. Irgendwann werden die beiden so ganz allein im stillen Kämmerlein, nur sie und er beisammen sein. Ja, das wäre denkbar in naher Zukunft, wo wir Menschen unsere Körper modifizieren können, außen wie innen und mit allen anderen weltweit direkt verbunden.

Andererseits, wer sagt denn, dass es sich beim Spinnenspringer um einen Menschen, überhaupt um ein erdgeborenes Lebewesen handelt. Auf einer fernen Welt könnte er leben mit dem Aussehen und Sprung-vermögen ähnlich dem einer Springspinne. So würden wir Menschen ihn nennen, wenn wir denn ihm begegnen. Doch das wird wohl niemals geschehen.

Also habe ich ihn mir ausgedacht. Und auch du träumst nun von ihm und beginnst kaum erwacht deinen Fantasy- oder Science-Fiction-Ro-man mit dem Titel »Spinnenspringers Hochzeit« zu schreiben.

Spinnentanz im Wüstensand

Spinnen gibt es, die rollen sich in der Wüste ab, wenn Wegwespen sie durch ihren senkrecht gegrabenen Schacht fast erreicht haben. So retten sie sich. Doch tanzen sie auch, er vor ihr, gar sie vor ihm bei der Balz? Wohl nicht, denn sie sehen nicht gut.

Also stellt sich hier die Frage: Wer tanzt weshalb um wen oder was her-um, wenn es denn keine Spinne ist? Und wo liegt die Wüste hier auf Erden oder auf einer anderen Welt?

Der Spinntinker

Spinntinker, das setzt sich zusammen aus Spinner und Stinker. Mal so , mal so nennt sie mich.

Nun ja, Seide spinn ich nicht, weder als Mensch und schon gar nicht als Spinne, doch spinnen ja, das tue ich, nicht immer, doch immer öfter?

Das ist das Eine. Zum anderen stellt sich die berechtigte Frage: Stinke ich mehr als alle andern? Und mit welchem Geruch? Ich wasche mich und dufte. Doch furzen tun wir alle, also auch ich und er und sie und - du.

Der Streichelbeißer

Erst streichelt er dir sanft über dein Haar, dann – beißt er blitzschnell zu. Und wo dein Kopf war, sprudelt das Blut, denn ihn hat er schon geschluckt, schlangengleich und doch wieder anders, scharfe Zähne so wie er hat niemand sonst, und was für ein Maul, das eben noch ein Menschenmund war!

Wie kann das sein. Niemand verwandelt sich so schnell auf unserer Welt von einem zierlichen Menschenmann in ein gewaltiges Monster. Sind wir denn in einem brutalen Horrorroman, einem Splattermovie gefangen, wo Action und Gemetzel alles sind, von der Logik keine Spur?

Stuhlgänerins Stuhlgängin

Stuhlgang war früher. Stuhlgängin heißt es heute.

Und der Stuhlgänger von einst, der zum Klo geht und sich jetzt draufsetzt, heißt jetzt, ob männlich oder weiblich, Stuhlgängerin.

»Es lebe die Emanzipation!«, ruft die Frau, der Mann schweigt, hat nun einmal nichts zu sagen.

T

Die Tagessau

Die Nachrichtensendung um 20 Uhr im Ersten TV-Programm, die gibts schon lang, nennt sich Tagesschau.

Doch hier gehts um die Tagessau, also um ein prämiertes Schwein, die Schönste im Züchterwettbewerb an diesem Tag, die Sau auf Platz 1 mit der Goldmedaille? Eins sei gesagt: Schweinchen Wilbur ist es nicht.

Mit »Sau« könnte auch ein Mensch gemeint sein, ein Schimpfwort für Mann und Frau, Junge und Mädchen, das kennen wir. Du dumme Sau, Schwein, Wutz!, fallen mir da ein. Doch wer sagt denn schon »Du Tagessau!«, wohl niemand.

Taubentaufe

Da hat sich doch eine Haus-, Stadttaube, Täubin oder Täuberich, in die Stiftskirche verirrt (so mag mancheiner denken), läuft dort unten seelenruhig herum. Und das vor dem Orgelkonzert am Freitagabend, wo allen konzertinteressierten Menschen die Türen offenstehen.

Ob sie ihm wohl lauschen will?, frage ich mich, während meine Freundin einfach nur empört ist. »So geht das nicht, die Taube muss raus, die scheißt sonst alles voll«, sind in etwa ihre Worte. Und mancheiner der wenigen Kirchenbesucher ist sicherlich ihrer Meinung, würde so denken, wenn er denn die Taube sähe, die sich jetzt in Richtung Altar bewegt.

Da bin ich wohl der einzige hier, der weiß, was sie will. Sie ist noch ungetauft, das steht für mich fest, und wartet auf das gesegnete Wasser. Oder will sie einfach nur zum Taubengott beten, der nur die Sanften unter ihnen und die sich immer treuen Paare in den Himmel lässt, wobei es keine Rolle spielt, ob sie auf Menschenbauten kackten oder nicht. Sie sind Vögel, müssen sich erleichtern, wenn sie denn fliegen wollen, auch wenn sie als Tauben so einiges im Kropf mit sich tragen können.

Drei Frauen, Kirchenangestellte jagen die Taube auf die sanfte Tour, langsam aber sicher aus der Kirche. So ist sie nicht weit vom Flammkuchenstand entfernt, wo einiges für sie abfallen dürfte, wenn da nicht die anderen wären. Der Herr Pfarrer am Holzofen rotiert. Also wird er sie auch nicht taufen, und alles bleibt beim Alten.

Doch das sind meine Menschengedanken, interessiert weder die Taube noch den Menschengott. Und es sind meine Gedanken. Du jedoch siehst ander Bilder in dir. Also schreibst du über die Taubentaufe, was du denkst.

Die Taxikönigin des Monats

Sie darf umsonst mit dem Sammeltaxi mitfahren, dafür muss sie dem Fahrer einen runterholen. In Simbabwe Realität, bei uns jedoch nicht, wie wir alle wissen. Andere Länder, andere Sitten, könntest du sagen und tust es doch nicht. Tja, und wie wird jetzt die Taxikönigin vom wem gewählt?, frage ich mich.

Der Tiroler Kängurubär

So nenne ich ein Stofftier von meiner Freundin Elke geschaffen. Mutti und Kind im Beutel, Erinnerung an Australien, das Känguru, das mehr einem Bär ähnelt und dann auch noch einen dunklen Hut trägt, ähnlich einer Tiroler Tracht. Tja, so sieht es aus. Und was mit ihm, mit dir geschieht, wirst du erfahren beim Niederschreiben.

Tittenspitzenzitzen

Ja, an den Brustwarzen einer Frau kann Baby und auch Mann und Frau saugen. Mal kommt Milch, mal auch nicht.

Eine Tragödie ohne Akt

Willi heißt sein Schwanz. Ja, der dort unten! Und nicht der hinten am Hund ist gemeint, wie du dir sicherlich denken kannst. Denn er ist ein Mensch und ein Mann - oder möchte es so gerne sein. Und Molly ist natürlich der Name der Muschi seiner Freundin, versteht sich, so hat er sie jedenfalls genannt. Willy will und kann doch nicht, ist in die Jahre gekommen. Ohne Mittel geht da nichts - nun gut, nicht mehr viel. Und auch Molly ist altgeworden und nicht mehr so gierig auf Sex wie früher einmal.

Nein, sie strickt ihm keine Pullover. Die zöge er ohnehin nicht an. Kreativ wie sie ist, bastelt sie und malt und häkelt, doch auch Puzzles und Spiele haben es ihr angetan. Also verbringen beide den Rest ihrer Tage zusammen, schauen »Wer wird Millionär?« und »Bauer sucht Frau« im TV, und alles ist gut.

Einen Akt also gibt es schon einmal nicht, während sich die Tragödie in ihrer Wohnung ereignet. Und das tut sie, so muss es sein, denn so steht es im Titel. Doch mir ist es ein Rätsel, was passieren wird, dass wir es »Tragödie« nennen können. Ich weiß nicht, was die Idylle, die wie jeder weiß nicht immer eine ist, so jäh unterbricht. Setzt bei ihm das Herz aus, stirbt er still im Bett, während sie schläft? Auch ein Schlaganfall könnte er haben, einen wirklich heftigen. Und was ist mit ihr? Mag auch sein, dass sie gemeinsam verbrennen, nachdem sie im Rausch das Bewusstsein verloren haben, innig umschlungen im Bett?

Ich weiß es nicht, muss ich auch nicht, denn *du* bist es, der/die den Roman schreibt, nicht ich.

Triebe und Triebe - gar Liebe?

Den Sexualtrieb gibts. Warum? Es geht um die Fortpflanzung, das ist doch klar. Und ihre Brüste, Lust und Orgasmus verbinden das Paar.

Und erst die Liebe, da wallen Gefühle hoch, spielen die Hormone verrückt. Wir schauen uns an, küssen, streicheln, gehen miteinander.

Du weißt es, denn was zwischen ihr und ihm geschieht in deinem Roman, bleibt allein dir überlassen, sollte man meinen, und so ist es ja auch.

Trinchens Tontassenküchlein

Das ist doch ein gar seltsamer Titel - wie viele hier in diesem Buch, doch so soll es ja sein. Trinchen kommt von Trine, ein Mädchenname und gar nicht nett als »die dumme Trine« im Sprachgebrauch verwendet. Doch dieses Trinchens, um die es hier geht, ist klug und schlau, das hättest du nicht gedacht.

Und Küchlein lassen sich in der Mikrowelle schnell und bequem backen, ob in Tontassen müsste man probieren. Wie auch immer, sie tut es und es gelingt. Tja, und was passiert dann?

Trinkel Trunkels Schreikommode

Da stellt sich doch die Frage, wer Trinkel Trunkel ist, klingt nach dem Namen von einem Menschenmann. Was eine Kommode ist, weißt du, »schreien« ist dir auch bekannt. Hm, und eine Kommode, die schreit, wer weiß, was die noch alles kann und - dir antuten wird.

Trinkschokolade

Zwei gewaltige Brüste, nun ja, geile Titten, sagt Mann da ja wohl dazu, die hat meine Freundin. Und nun sauge ich daran, erst an der rechten Brustwarze, dann an der linken und sollte mich doch sehr wundern und - tue es auch. Denn aus der einen kommt warme Milch, soweit o. k., aus der anderen aber Trinkschokolade, was sonst, die ist ja gerade In, und die liebt sie so sehr

Du hast recht, eigentlich ist die Milch nicht für mich gedacht, sondern für das Baby, das wir niemals haben werden. Und warum sie ohne eins fließt, ist ein Wunder.

U

Ungern Unmensch sein

Wer will schon für einen Unmenschen gehalten werden, wobei klar sein sollte, dass es sich hier gar nicht um ein nichtmenschliches Wesen handelt, sondern einen Menschen wie du und ich, der nicht gerade nette Dinge anderen seiner Art antut, also unmenschlich handelt. Doch das wissen wir alle. Auch Redewendungen wie »Sei kein Unmensch!« kennen wir, womit wir meinen: Lass mit dir reden, sei nicht hartherzig, unnachgiebig!

Unmensch steht aber auch für Fiesling, Widerling, Monster, Ungeheuer, Bestie, den Teufel, was jeder im Online-Duden nachlesen kann.

Bei alldem stellt sich uns aber die Frage, was denn überhaupt unter »menschlich« zu verstehen ist. Nur Positives, was als gut gilt, den Mitmenschen helfen, das ist klar. Doch Menschen lügen, tun anderen weh, morden, führen Kriege. All dies ist also ebenfalls menschlich, auch wenn einiges davon unsere nächsten Verwandten im Tierreich ebenso tun.

Da all dies menschlich ist, kann »Unmensch« nur noch eine Bezeichnung für ein nichtmenschliches Wesen wie etwa ein Alien (not human) sein und so sollten wir sie auch verwenden.

Ungezähntputzen

Was damit gemeint ist, versteht sich von selbst. Du bist alt geworden, hast nie einen Zahnarzt besucht, ganz einfach, weil es in deiner Gegend keinen gibt oder dir das nötige Kleingeld fehlt. So wischst du denn zahnlos den Boden deiner Wohnung auf, die nur aus einem Zimmer bestehen mag, staubst Möbel und Geräte ab, entfernst von den Scheiben den Staub der Jahre - falls diese Dinge denn da in deiner Behausung überhaupt existieren. Das jedenfalls geschieht an so manchem Ort dieser, unserer Erde, wo Armut herrscht.

Was aber wäre, wenn der Titel ein wenig anders lauten würde, nämlich »Unzähne geputzt«?

Das hieße nicht vorhandene Zähne, also Unzähne, zu putzen. Eine schwierige Aufgabe. Hierbei scheint es sich um ein Koan zu handeln, wie etwa der Ton, den das Klatschen der einen Hand erzeugt, also etwas zum Meditieren, ein Rätsel, das du niemals mit deinem Verstand lösen kannst. Nur dein Zenmeister weiß, ob du diese Prüfung bestanden hast.

V

Vampir und Schildkröte
Eine Liebesgeschichte

Sie lieben sich. Doch wenn *er* wach ist in der Nacht - nein, er beißt seine Freundin nicht, also saugt er auch nicht ihr Blut -, dann schläft sie. Und wenn *sie* frisst, sorry, wenn sie isst am Tag, dann ist *er* nicht wach. Pflanzenesserin und Blutsauger, sie sehen sich nie, reden nicht miteinander, doch flüstern dem anderen in die Ohren - und sie träumen davon, hoffen, dass sie sich irgendwann umarmen, liebkosen, lieben werden, nicht nur platonisch, denn es geht ihnen um wilden Sex und um viel mehr: Zärtlichkeit.

Und wäre es so - ich und du, wir könnten es wahrwerden lassen, wenn wir denn wollten, denn wir schreiben sie.

Und geschähe es, wie würden ihre Kinder aussehen und wie würdest du sie nennen? Einfach nur kurz Vampirkröten, Schildvampire oder aber mit vollständigem Namen Vampirschildkröten oder Schildkrötenvampire, je nachdem, welche Eigenschaft überwiegt.

Und dann stellt sich noch die Fragen: Sind sie wach am Tag und der Nacht und können so jederzeit zusammenkommen? Und wovon ernähren sie sich, von Pflanzen und Blut, die einen mehr vom ersten, die anderen mehr vom zweiten?

Veilchens Lust - Röschens Frust

Was Veilchen und Rosen sind und wie sie aussehen, wissen wir - zumindest die meisten von uns. Es sind beliebte Pflanzen, *Viola* lautet der Gattungsname der einen, *Rosa* der der anderen. Veilchen und eine kleine Rose, darum geht es hier, denke ich, denkst du und alles ist klar.

Doch empfinden Veilchen Lust und Röschen Frust? Das sind doch sehr menschliche Eigenschaften. Also handelt es sich in dieser Geschichte gar nicht um Pflanzen, sondern um Namen von Menschen?

Ja, so mag es sein - oder auch nicht.

Und welches Geschlecht tragen sie dann, wo er doch in beiden Fällen *das* Veilchen und das Röschen heißt? Andererseits: Röschen ist eine kleine Rose, und die ist im Deutschen von weiblichem Geschlecht.

Jetzt stellt sich die Frage: Weshalb und wie stark empfinden beide Lust, verspüren Frust, was sich so wunderbar reimt. Da könnte man doch meinen, ein kleiner Dichter hätte sich hier im Reimen versucht. Und so ist es ja. Doch deine Fantasie ist hier gefragt. *Du* wirst mit ihnen fühlen, was oder wer sie auch immer sie sein und wo.

Viperveilchen und Veilchenviper

Veilchenviper und Viperveilchen, die waren ein gar seltsam Paar: Pflanze und Schlange, Schlange und Pflanze. Wo soll das noch hinführen?

Nein, Sex gibt es nicht, also auch keinen Nachwuchs, weder kleine Veilchenviper-Mädchen noch geschlechtslose Viperveilchen, bei denen es sich vielleicht auch um Jungs handeln könnte.

Doch jetzt fällt mir ein: Leben diese beiden irgendwo auf Erden oder hat sich einer ihr Namen nur ausgedacht, weil es einfach so schön klingt?

Beim Googlen findet man nichts. Halt! Doch, im Zusammenhang mit dem Lernen des Alphabets. So lesen wir auf englischsprachigen flashcards - Karteikarten, die zum Lernen von Worten für Kinder bis 7 Jahren gedacht sind - »V for violets viper«, also Worte, die mit »V« beginnen sind z.B., Veilchen und Viper, wobei uns eine auf der Oberseite pinkfarbene, aufgerichtete Schlange aus zwei kleinen unterhalb von Brauen liegenden Augen mit geschlossenem Mund ganz lieb anschaut. Aha, lernen Mädchen und Jüngchen: So sieht also eine Schlange aus. Und lernen die etwas älteren Kinder, wie man die Worte schreibt.

W

Waldbus und Waldbussin

Bus, Nachtbus und, ja, die gibts schon lange in K., doch wer hätte das gedacht, seit kurzem gibt es auch einen Waldbus. Endlich können autolose, naturverbundene, energiesparende, umweltliebende Menschen guten Gewissen zum Wandern in den fernen Wald gelangen. Denn dieser Bus fährt elektrisch.

Tagsüber faltet er auf der Wiese seine Sonnensegel auf, schläft und träumt so vor sich hin.

Nachts aber wird er munter und holt die Stadtmenschen ab. Dann gleitet er mit seinen Passagieren lautlos auf den Forstwegen durch die Natur. Und wir schauen staunend in den Sternenhimmel hinauf und lieben uns und die Welt unter dem Licht der Vollen Mondin, wenn der Bus hält.

So sah ich es vor meinem inneren Auge. Du aber magst von anderen Dingen schreiben, vielleicht von einem Waldbus, der lebendig ist und vor Sehnsucht nach der Waldbussin vergeht.

Warm und kalt

Warm ist's im Hof, bin ich doof?

Kalt ist's im Wald, und ich bin alt.

Das reimt sich. Ansonsten ist es doch banal, und LeserIn fragt sich: Was soll das? Und ohnehin, den Titel gibts sicherlich schon viele Male.

Doch es ist nun einmal, wie es ist, warm und kalt, hier und da und allüberall, mal so mal so in Haus, Hof und Wald. Und ich bin alt und werde immer dümmer, nun ja, mein Gedächtnis hat stark nachgelassen.

»Ja ja!«, hallt es aus Höhlentiefen.

Und nur du weißt, wie es weitergeht.

Warum das Meerschweinchen eine Mohrrübe liebte

War es tatsächlich so? Kamen die beiden zusammen? Und das nur, weil da noch jemand beteiligt war, der sie ihm in den Käfig steckte?

Das weiß kein Mensch, d. h. der Täter müsste es wissen, wenn es ihn denn gäbe. Doch das Meerschweinchen hat es nicht bemerkt, oder was wahrscheinlicher ist, längst vergessen. Wir jedenfalls werden es nie erfahren. Eins aber ist sicher und sichtbar: Sie tun sich nichts. Es isst die

Mohrrübe, sorry Karotte nicht, schnuppert nur daran, und seine Augen leuchten auf, so als wäre er ein Vampir. Und sie lässt es sich gefallen, blüht förmlich auf, errötet so, wie es nie zuvor war und auch niemals mehr sein wird, denn es streichelt sanft mit seinen Schnauzenhaaren über ihren nackten Körper.

Der Wasserkopf in der Hand

Besser einen als keinen!?

Er nahm ihn an, und sie hielt still.

Dann fiel sie um, wumm!

Er aber hielt ihren schweren Kopf festumgriffen, noch immer in seiner Hand, als sie dort unten kopf- und wortlos lag.

So geschah es, und kein anderer Mensch hat jemals gesehen, was dort geschah und wird es auch niemals tun. Es bleibt ein Geheimnis zwischen den beiden - in ihrer Welt, die ich, die du hier oben schreiben.

Weißer Zwerg im Schwarzen Loch

Wie ist er nur dort hineingelangt?

»Es hat ihn eingesaugt«, was sonst, antwortest du mir, denn du weißt immer alles besser, weißt Bescheid, hast recht.

Mag sein. Ein Stern im Stern, der nicht leuchtet, sondern das Licht in sich saugt und doch ...

Und der Zwerg ist schon lange keiner mehr. Das ist dir klar. Und überhaupt, vielleicht geht es hier gar nicht um Astronomie. Könnte ja ein echter Zwerg sein, entflohen aus Märchen und Fantasy-Welten, und nicht mehr grau, sondern weiß, also uralt. Was aber ist dann das Schwarze Loch, in das er jetzt gerade fällt?, frage ich mich und - dich.

Weltdamentoilettenluxus

Das ist etwas für die Dame von Welt. Ein Sitz aus Gold.

Eunuchen ohne Eier stehen Schlange.

Sie wählt sich einen aus. Einmal am Schwanz ziehen, heißt: Klospülung betätigen. 2x ziehen ..., 3x ziehen ..., ja was soll das bewirken?

Ich weiß es nicht. Sie vermutlich und du?

Weltenmeer

Weltmeere, die kennen wir, vom Hören und Sagen versteht sich. Ach so, du hast sie schon befahren, wie viele andere auch. Okay, ich habe es noch nicht getan - obwohl, zählt man das Mittelmeer dazu, dann ja. DichterInnen besingen das Weltenmeer.

Dort, wo drei Welten sich begegnen, die einst Elemente hießen: Erde und Wasser und Luft, dort tauchen sie dicht unter der Oberfläche auf, blicken nach oben und sehen die anderen schweben, hören sie singen. Es sind ihre Schwestern und Brüder: Delfine am Himmel.

Und seltsame Vögel stürzen hinab aus einer anderen Welt, versinken im Meer, tauchen nie mehr auf und leben doch, haben sich längst in Fische verwandelt.

So geschieht es irgendwo dort draußen oder aber in deinen Träumen. Deine Fantasie hat sie erschaffen.

Willi will und kann doch nicht

Willi, wer das ist?, willst du wissen - oder auch nicht.

O.k., ich verrate es dir: Der baumelt da unten herum, ist kein Schwanz und wird doch so genannt. Er also, an dem sein Herrchen, ein Menschenmann (so sehr) hängt, würde so gerne wachsen und stolz sich aufrichten, wenn er denn könnte, so wie einst einmal in seiner Jugend.

Nein, Hilfsmittel, ob mechanisch oder chemisch, die lehnt er ab, sind nicht gut fürs Herz. Also bleibt ihm nur noch gestreichelt zu werden, stiller Sex am Lebensabend.

Und die große Frage lautet: Bist du wie er? Und wenn es so ist, wer streichelt dich?

Willis Wunderwelten

Von Einem namens Willi, der alt geworden ist, hörten wir soeben.

O.K., auch Menschenmänner tragen diesen Namen: Willi wie Manfred, Olaf, Rainar. Die aber sind hier nicht gemeint.

Was mag er dort unten so alles erleben, hängt meist so ganz allein dort rum und pinkelt mal immer wieder.

Ob er wohl träumen kann? Von welchen Wundern dann?

Ja, manchmal gibts Action, reibt sich an Frau oder Mann, am Gegenstück, dass ihn umfasst oder aber an einem, der ist wie er.

Doch erlebt er auch das, und wann und wo und wie, was wir hier oben »ein Wunder« nennen?

In welchen Welten ist er gefangen?

Welche verlässt er in seiner Fantasie.

Und ich frage dich: Welche Wunder lässt du ihn erleben?

Witziwutzi und Wutziwitz

Nein, Wutzwitz heißt es nicht und auch nicht Witzwutz. Witzi muss schon sein.

Also geht es hier, wer hätte das gedacht, um einen dreckigen Witz, worum sonst! Das ist das Eine, der zweite Begriff im Titel: Wutziwitz.

Und was das erste bedeutet, ist doch klar. Sein Name lautet Witziwutzi, er ist es, der die wutzigen Witze erzählt.

Der Wurzelwasserwurm

An den Wurzeln lebt er und ist so klein, das niemand ihn sieht und finden kann. Also kennt ihn niemand außer mir.

Du aber willst jetzt alles von mir wissen.

Er lebt an der Wurzel vom Wasserreis. Und ist das Feld trockengelegt, so ruht er in der Erde und wartet, bis das Wasser wiederkommt.

Der Wüstenwasserkopf

Du schaust dich an im Spiegel. Ja, das ist ein Wasserkopf, denkst du. Da hilft nur eins: Loch rein und einen langen Trinkhalm, der bis zu deinem Mund reicht, verschließbar, versteht sich, denn sonst läuft ja jetzt schon alles aus. Solch einen Trinkhalm also, der früher noch Strohhalm hieß, obwohl er längst aus Kunststoff bestand, den also steckst du dir in den Kopf.

Und wofür brauchst du den überhaupt?

Das Wasser ist deine Notration hier in der Wüste gegen das Verdursten. Wie gut es also war, dass du vorgesorgt hast. Und siehe da, manches scheinbare Manko ist doch zu etwas gut.

Wutzewuschel

Dieses seltsame Wort fiel mir am Küchentisch in Gegenwart meiner Freundin Elke ein. Ist wohl sowas wie eine wuschelige Wutz oder ein wutziger Wuschel, was auch immer das ein mag.

Eine Wutz, ja, das ist sie, schau selber hin, wie der Tisch, die Küche, die ganze Wohnung aussieht, geputzt ist da nichts und aufgeräumt schon gar nix. Am Tag putzt sie Zimmer und Gänge und Treppen, auch den Aufzug bis zum 21. Stock oben im Rathaus. Doch am Feierabend ist sie k.o. und am Wochenende will sie sich verdientermaßen erholen. Und in ihrer Freizeit unter der Woche kauft sie ein, widmet sich ihren Hobbys Malen und Basteln, tanzt sie zur youtube-Musik und geht aus, in die Fruchthalle oder ins Theater. Und schon macht sie sich wieder auf den Weg zur Arbeit. So geht die Woche herum, ein Monat, ein Jahr. Im Urlaub fährt sie fort, mal rauskommen aus dem Alltagstrott, das ist wichtig und richtig, vor der Abfahrt lohnt sich ein Wohnungsputz wirklich nicht. Und danach? Da muss sie sich erst einmal von den Strapazen erholen.

»Wutze« ist die Mehrzahl von »Wutz«, jedenfalls hier in der P(f)alz. Mit Wuscheln lässt sich gut muscheln (was immer das sein mag, es steht hier geschrieben, denn es reimt sich doch so schön). O.K., ich fahre meiner geliebten Wutz durchs Haar, wie wuschelig es doch ist!

Ach, das vergaß ich ganz zu erwähnen: Die größte Wutz bin ich, denn der Abwasch stapelt sich, die Wäsche, der Glasmüll, und Staub überall, die dreckigen Fenster, die Fusseln, die sich angehäuft haben auf dem Boden. Ach, wie wohl ich mich in meiner Wohnung fühle.

X

Beim X da fällt mir wenig, eigentlich gar nichts ein. Also schaue ich mal in den Duden, ins Internet rein.

Und welche Worte finde ich da?

Namen aus altgriechischen Wortelementen zusammengesetzt, wie z. B. xenophil aus xenos - Fremder, Gast und philia - Freundschaft.

Xenophil

Nein, ich bin nicht xenophob, vor dem Fremden habe ich keine Angst. Alle, die anders sind, liebe ich, egal, ob sie hier geboren wurden oder aus dem Ausland (was auch immer das sein mag heute im 21. Jahrhundert) zu uns gekommen sind.

Die Besonderen unter uns Menschen und die Anderen von fernen Welten. Selbst Spinnenwesen habe ich gern.

Nun gut, nicht alle. Was aber die Aliens betrifft, die mich fressen wollen, auch da konnte ich mich noch nicht durchringen, ihnen meinen Körper und meine Seele aus vollem Herzen zum Verzehr anzubieten.

Doch ansonsten ...

Der xenophobe Xenomorph

Von anderer Gestalt bin ich und sicherlich kein Mineral und nicht aus Stein gemacht, und von der Erde oder auch nicht. Ich sehe anders aus, in von anderer Gestalt, und doch bin ich ein Mensch, vielleicht sogar mehr als du denkst und bist.

Und weil ich Mensch bin, so wundert es nicht, dass ich Fremdes nicht leiden kann. Also hasse ich alle, die nicht so sind wie ich - also dich!

Ich finde dich hässlich. Du siehst anders aus, sprichst nicht meine Sprache. Riechst du, fühlst du so ähnlich wie ich? Ich glaube nicht.

Was aber gilt, ist das: Beide können wir uns Xenomorphe nennen, fremd bist du mir, fremd bin ich dir.

Xerophil und xerophob

Immer mehr werden wir jetzt auf Erden, denn wir lieben die Trockenheit, dort singen wir unsere Lieder unter glühendem Sonn und in kalter Nacht. Wasser brauchen wir wenig, ein Regenguss reicht für lange Zeit.

Und die Wüsten wachsen. Pflanzen und Tiere und Menschen, die den Staub hassen, werden immer weniger und weniger - sterben schließlich erst hier bei mir und dort bei dir und an manch anderem Ort so langsam aber sicher aus.

Y

Yakys Jugendjahre

Gebrannte Keramik, das ist in Japan mit Yaki gemeint. O.k., so weit, so gut. Sie wurde geboren, war nicht immer die, die sie jetzt ist. Älter wurde sie mit der Zeit, ganz wie wir. Also kennt auch sie Jugendjahre wie auch das Yak. Dem Alter folgt der Tod, zunächst zerbrochen, als Scherben Jahrtausende später aufgefunden.

Doch am Ende des Weges zerfällt sie zu Staub.

So ist es, so war es, so wird es immer sein in dieser Welt, die irgendwas zusammenhält.

YinYang - YangYin

Yin und Yang, das ist das Paar der Gegensätze.

Yin, die schöpferische weibliche Urkraft und einst die Nebel-Schattenseite des Berge, Schwärze im Kreis des Symbols.

Yang, das ist die männliche Schöpferkraft, die Licht-Sonnenseite des Berges und der Penis. Weiß im Kreis des Symbols.

Weiblich und männlich haben sich hier und jetzt gefunden, sind zu einem verschmolzen. Nenne uns YinYang oder YangYin, ob du Frau bist oder Mann. Das spielt keine Rolle mehr, ist ohne jede Bedeutung. Und auch diesen Namen brauchen wir nicht mehr. Wir sind.

Yukatan-Yoga

Yukatan, so wird das Land der Maya genannt. Doch das Wort war nicht der Name der Halbinsel, nach dem die Spanier einst fragten, sondern heißt einfach nur »ich verstehe dich nicht«.

Und Yoga, das Joch, Asanas, Meditation, die Lehre von den Chakren, all das stammt aus Indien, dazwischen liegen Land und weites Meer, ein weiter Weg bis nach Yukatan.

Sind es die Bewohner, die indigenen oder die zugereisten, die Yoga welcher Art auch immer machen? Ist es eine völlig neue amerikanische Art?

Oder ist es die Halbinsel selbst, die Kundalini, die Lebenskraft ihre Chakren empor fließen lässt oder wenn niemand hinsieht, auch die Satelliten schlafen und träumen, die lustigsten Stellungen einnehmen?

Wer weiß, wer weiß, du vielleicht?

Yuppieyacht bei Nacht

Sommer, warm, ein laues Lüftchen. Lampen leuchten auf dem Schiff, das nahe am Ufer auf stiller See schwimmt. Und alle feiern die Nacht auf dieser Yacht, der einzigen hier am Ufer dieses einen großen Meeres, wo immer es auch liegen und wie es in dieser oder jener Sprache heißen mag.

Ja, die haben Geld, nur einem von ihnen gehört sie, und sie ist wahrlich nicht klein. Lud er die anderen deshalb ein, um zu zeigen, was er hat? Größer, luxuriöser und schöner als ihre. All die anderen »young urban professionals«, die jungen Qualifizierten aus der großen Stadt, die am Beginn ihrer Karriere stehen und von denen einige wohl sehr erfolgreiche Geschäftsleute werden, sie sind es, die sich heute hier auf seinem Schiff versammelt haben.

Doch was feiern sie überhaupt?

Den Stapellauf? Seinen Geburtstag oder was?

Verlobung und Hochzeit, denn einige Frauen sind auch unter all den Männern an Bord.

Und wie lange wird die Party dauern?

Die 80er sind doch längst vorüber - und sie genießen noch immer das Leben!

Fragen über Fragen. Und nur du kennst die Antwort.

Yvonnes Yogayeti

Da stellt sich hier die Frage: Was hat der Yeti mit Yoga am Hut, abgesehen davon, dass die Kombination der Namen schön klingt, wie der Autor dieses Buches meint? Doch wer weiß, wenn es ihn denn geben sollte, diesen Yeti, so vermag er die tollsten Asanas vollbringen: Wie ein Baum unter Bäumen stehen. Und wer weiß, welche weiteren Dinge er noch tut, so dass wir Menschen ihn nur selten dort oben im Himalaya sehen, wo Indien nicht allzu fern ist, also Yoga und Yogis.

Was ein Yeti ist, weiß heutzutage jedes Kind, nun ja, nicht alle, viele aber wissen Bescheid. Er und eine Sie muss es wohl auch noch geben, in Horrorfilmen jedenfalls taucht sie auf, und auch Kinder, andernfalls wäre der Yeti längst ausgestorben. Ein dichtes Fell trägt er und überragt uns alle. In anderen Regionen geben ihm die Menschen andere Namen, nicht Ye und The, das Felsentier. Nein, von Bigfoot ist hier nicht die Rede. Er ist g.ya' dred der Schneemensch, Migö der Wilde und Gang Mi der Gletschermann. Doch auch als Geist des Berges und des Schnees Lomung und Chumung, als Jagdgott verehren ihn die Menschen.

Yvonne, so mag deine Freundin heißen, ihr gehört der Yoga-Yet. Mag auch sein, dass sie ihn doch nur vom Sehen her kennt. Wie auch immer, jetzt und hier erzählt sie von ihm?

Und wie das alles war, geschah, das wirst du dem Leser, der Leserin sicherlich ausführlich schildern, denn sie beide, Yeti und Yvonne, und auch all die anderen, die in deinem Roman auftauchen, müssen tun, was du willst. Du bist ihr Gott.

Z

Zeckenbäckers lecker Zecken

Ein Zeckenbäcker lernt Zecken zu wecken, Zecken zu necken – Zecken zu lecken. Ach, wie reimt sich das so schön. Da übt sich der Autor wohl im Dichten, nun ja, Reimen, einen Sinn sehe ich da nicht. Doch zurück zum Titel. Einen Bäcker, der Zecken bäckt, gibt es meines Wissens nicht. Und wenn es ihn gäbe, wären sie dann auch lecker?

Das ließe sich machen: Man könnte wie bei Weinbergschnecken eine leckere Kräuterbutter dazugeben, oder wie bei Insect-Food gut anbraten und würzen.

Wichtiger wäre jedoch zu klären: Haben die servierten Zecken vor ihrer Tötung menschliches Blut gesaugt oder nicht? Vermutlich hätten sie, denn hungrige Weibchen und Männchen sind viel zu klein. Roh verzehrt bliebe das Blut unzersetzt. Und das heißt? Die unter uns, die sie verzehren, diese Entomophagen wären eigentlich schon KannibalInnen oder zumindest Vampire der besonderen Art.

Okay, einen Einwand muss ich akzeptieren. Der Zeckenwirt könnte auch ein Säuger oder Vogel sein. Vermutlich wäre es meist so, doch garantiert ist das nicht. Es soll ja auch schon Schnitzel nicht vom Schwein, sondern aus Menschenfleisch gegeben haben, wie wir auch in einer Story von Ray Bradbury lesen können.

Zitronensorbettod

999 Seiten umfasst mein Leben, mein Frust, alles gewollt und – nichts bekommen. Mit diesen Worten mag dein Roman beginnen. Dann folgt die Rückschau von der Geburt an oder davor bis hin zum heutigen Tag, der Stunde, Minute - jetzt.

Der letzten Zeilen, Worte, Gedanken wären vielleicht: »Was mir bleibt vom Leben, ist mein Zitronensorbet, das erste und letzte vor meinem Ende. Und kann ich es nicht mehr aufessen, dann überlebt es mich wohl nur um wenige Minuten. Denn es ist Sommer und hier vor dem Eiscafé brennt der Sonn erbarmungslos auf uns runter. So lange dauert es, bis auch es dicht neben meinem auf den Tisch gesunkenen Kopf zerfließt.

Zunge raus!

Bei der professionellen Zahnreinigung geschieht es. Du streckst brav deine Zunge raus, und da klickt es auch schon, ab ist sie und in der Hand der Dentistin.

Du schreist, und es blutet wirklich stark. So war das alles nicht gedacht. Ist dir auch niemals zuvor passiert, haha, wie sollte es auch, denn deine Zunge ist niemals nachgewachsen.

Wer konnte damit rechnen!, denkst du, der diese Zeilen liest, während du dir schwörst, niemals mehr zum Zahnarzt zu gehen.

Wenn es schon so beginnt ... Ein Horrorroman, wohl von einem Autor wie Stephen King. Jetzt liegt es an dir, liebe(r) AutorIn, die Spannung zu halten, falls dein großes Werk mit dieser Szene beginnt.

Die Zweigänger

Nein, er ist kein Einzelgänger und sie keine Einzelgängerin. Sie beide sind eins, gehen zu zweit durchs Leben, könnten sich Zweigänger nennen. Ob sie es wohl tun? Ich jedenfalls weiß es nicht.

Zwickzwack

Bei den Griffen dort unten an Eiern und Schwanz gibt es den Unterzwick und den Oberzwack, von unten oder von oben zugegriffen. Mit Worten ist das nicht zu beschreiben, sehen kann man es auch nicht. Ja, die Begriffe kannst du dir merken oder auch nicht, denn Namen sind Schall und Rauch. Wie auch immer, worum es geht, weiß nur die, die es tut - und der, der es spürt.

Zwiebeltränen weinen nicht

Richtig mit scharfem wasserbenetzten Messer Zwiebeln auf feuchter Unterlage schneiden, heißt nicht weinen zu müssen. Das erzählt der Koch seinen Kandidaten und somit auch uns bei der *Küchenschlacht* mittags im TV. Und wie man nachlesen kann, soll es ein gewisses Propanthial-S-Oxid sein, das verdunstet die Schleimhäute reizt, unsere Augen tränen lässt. Auch sollen inzwischen Zwiebeln gezüchtet worden sein, die keine Tränen auslösen. »Sunion« nennt sich die Sorte, abgeleitet von »onion«, der englischen Bezeichnung für die Zwiebel, so wie wir sie kennen.

Wir weinen Tränen, das ist klar. Doch können Tränen weinen? Nun ja, so mögen DichterInnen reden, du und die meisten von uns sicher nicht.

Grimms Märchen einmal anders

Greteli und die Wölfin

Nicht der Wolf, der gar nicht böse ist, sondern die Wölfin ist es, die hier die Hauptrolle neben der Menschenfrau spielt, die auch ein wenig anders ist als Gretel in *Hänsel und Gretel* und ohne Bruder, das ist wichtig, auch nicht allein im Wald (wer ist das schon!). Denn da sind ja noch die Vögelein und viele Lebewesen mehr, ich denke da nur an Spinnen - oh Gott oh Gott, welch ein Graus! Hol mich hier raus!, magst du mit deiner Arachnophobie denken.

Wer sich umschaut und verharrt, sieht sie, hört sie, riecht sie, fühlt sie alle tief in sich. Also Frauen (und vielleicht auch der eine oder andere Mann) schreibt, was das Zeug hält! So viele Dinge und Wesen sind zu entdecken. Und vor den kleinen Achtbeinern braucht ihr keine Angst zu haben, die beißen euch nicht und können euch schon gar nicht fressen, die Wölfin jedoch ...

Rotkäppchen und das Einhorn

Da ist Unicornis, das zustößt mit seinem Horn, also er, der es, also sie entjungfert. So könnte es geschehen sein, still im Verborgenen - oder aber auch nicht.

Nein, sanft ist das Einhorn und ruht in Marias jungfräulichem Schoß. So ist es anzuschauen auf einem Gemälde im Museum.

Doch was will uns der Aberglaube weismachen: So wird berichtet von seiner ungeheuren Stärke. Aggressiv sei es und soll alle Männer hassen welcher Art auch immer. Also lebt es allein in seiner Einsiedelei. Den Karfunkel in seinem Kopf hat noch niemand gefunden. Gefangen stirbt es bald.

Heute ist es ausgestorben, von Menschen abgeschlachtet, wie so manch anderes Tier ausgerottet. Weswegen wohl?

Die Antwort lautet: wegen seines Horns, das magische Kräfte besitzen sollte (Und das tat es auch, doch nur am Leben, nicht vom Kopf getrennt). Nachtigall, nein, Nashorn, ick hör dir trapsen, ich weiß Bescheid.

Das Horn im Stamm, das Schneiderlein dahinter, schlägt es heraus, legt ihm einen Strick um den Hals, gefangen. So berichten es die Gebrüder Grimm. Und uns stellt sich die Frage, für welche große Schäden im Wald es verantwortlich war, wie der König im Märchen behauptet?

Und nun folgen Titelvariationen - ganz ohne mein Interpreta-
tions-Ideen-Geschwafel, wie soeben wieder zweimal geschehen.

Märchentitel von A bis Z

Der achte Rabe

Alte und Alter bei den Zwergen

Bettelsfraus Lügenmärchen

Bursche Müller und das Schneiderlein

Daumesdick, Däumling und des Teufels Knechte

Diener der blauen Sonne

Drei Sprachen sprechen ihre Hände

Dreiäuglein und die sieben Schwäne

Der dreizehnte Bruder

Eule und Teufel

Fischers Fische schweigen nicht

Füchsin und Esel

Gold sind Berg und Haus

Goldgans und Schlangenweiß

Der Greif und die sieben Schlangen

Gretel und Trude - die Glückskinder

Spinnen spinnen, Spinner und Spinnerinnen

Stilchens Rumpeln in Wittchens Schnee

Des Teufels Hände im Himmel

Trommlers Nacht

Trommlers und Meisterdiebs Leiden

Wie schreit das Kind im Eisenofen!

Wolf, Fuchs und der weise Rabe

Zel Rapun der Kluge

Zwölf Brüder und die drei Männlein im Walde

Titel von Büchern, die es schon gibt

Belletristik- und Kunstbücher von Elke und mir.

Aliens
ATON – Vater Sonn

Baumtraum
Das Buch der Leere
Das Buch der Titel
BuntBunt

Das Ende des Tunnels
ES bricht hervor aus dir
Ewig sein in Stille

Fantastic Spider Worlds
Fotokunst

Gedanken und Kreis
GOTT und die Großen-Kleinen Götter

Höllen-Fahrten-Leben-Träume
Höllenkunst

Im Licht der Vollen Mondin
Ins All – Im Eins

Kirchenkunst
Klang über den Meeren der Zeit
Kunstwelten

Der Leuchtende Pfad des Magiers
Die Meere des Wahnsinns
Mondin-Schein und Sein

Naturkunstwelten

OM oder das Rauschen der scheinbaren Leere

Ruf der Mondin

Das Schlafende steht auf aus Seinen Träumen
Der Schneckenkönig
Spiegelwelten deiner Seele
Spinnen fantastisch verfremdet
Spinnenkunstwelten
Spinnentraumgespinste
Still riefen uns die Sterne
Strahlendes Leuchten himmelwärts

Von Engeln, Erleuchtung und Ewigkeit

Wandlungen der Drei
wir ... menschen der erde
Wüsten-Berges-Himmels-Weiten

Die Zeit der Bäume

Lyrik und Prosa von Rainar Nitzsche

Lyrik + Religion - Meditation*

Das Buch der Leere
Das Buch der Titel
Ewig sein in Stille
Gedanken und Kreis
GOTT und die Kleinen Großen Götter
Klang über den Meeren der Zeit
OM
wir ... menschen der erde
Die Zeit der Bäume

Fantastik Kurzprosa*

Aton – Vater Sonn
Ruf der Mondin, Im Licht der Vollen Mondin, Mondinschein und Sein
Das Schlafende steht auf aus seinen Träumen
Spiegelwelten deiner Seele
Still riefen uns die Sterne
Von Engeln, Erleuchtung und Ewigkeit

Unter dem Pseudonym Olaf Olsen:
ES bricht hervor aus dir
Höllen-Fahrten-Leben-Träume
Die Meere des Wahnsinns

Roman Vierteiler plus - Fantasy - Science-Fiction*

Der Leuchtende Pfad des Magiers
Wandlungen der Drei
Wüsten-Berges-Himmels-Weiten
Ins All – Im Eins
Der Schneckenkönig von Alexa E. Bach (Elke Bouché)

*: Alle Titel sind überall in unbegrenzter Zahl als Taschenbuch und E-Book erhältlich. Wegen des Originals maile einfach mal den Autor an. Mag sein, dass er das eine oder andere Exemplar noch auf Lager hat, auch wenn sein Verlag erloschen ist. Heute bei Drucklegung trifft es zu, da bin ich mir ganz sicher, ich kenne ihn nämlich, diesen Rainar Nitzsche, ein wenig. Ach ja, Sachbücher über Spinnen hat er auch verfasst.

Rainar Nitzsche

Das Buch der Leere

Rainar Nitzsche

GOTT
und die Großen - Kleinen
Götter

Gedanken und Gedichte

wir ...
menschen
der erde

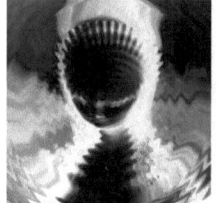

lyrik von rainar nitzsche

Rainar Nitzsche

Klang über den
Meeren der Zeit

Stille Lyrik

Rainar Nitzsche

Ewig sein in Stille

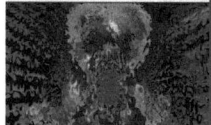

Meditative Lyrik

Rainar Nitzsche

Die Zeit der Bäume

Lyrik

Rainar Nitzsche

OM oder Das Rauschen
der scheinbaren Leere

Meditative Lyrik

RAINAR NITZSCHE

GEDANKEN
UND KREIS

Impressum

© 2022 Annette Gisela Krupka
Herstellung und Verlag: BoD – Books on Demand,
Norderstedt
ISBN 9783756829149